검은 사제들

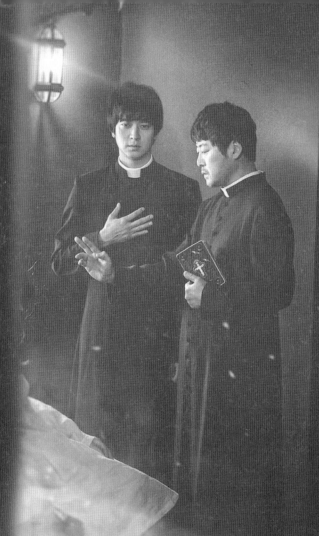

검은
사제들

장재현 원작 ✝ 원보람 소설

| 차례 |

| 용어해설 |

구마 : 악마의 사로잡힘에서 벗어나게 하는 로마카톨릭 교회의 퇴마 의식

장엄 구마 예식 : 교회법 제1172조에 따라 특별히 집전될 수 있는 퇴마 의식

사제 : 주교와 신부를 통틀어 이르는 말

부제 : 부제품을 받아 사제를 돕는 성직자

부마 : 활동이 없이도 악마가 사람 내부에 존재하는 심각한 형태

12형상 : 부마의 징후들로 장미십자회에서 일련번호를 분류한 악마의 종류

예수회 : 교육·선교·박애 활동으로 유명하며, 한때는 반(反)종교개혁을 수

행하는 주도적인 단체로, 후에는 교회를 현대화시키는 주도적인 세력.

프란체스코회 : "성 프란체스코의 수도규칙"을 따르는 수도회를 일컬음. 특

별히 청빈 정신을 강조하며 낡은 옷도 많이 입는다.

몬시뇰 : 주교와 신부 사이의 직급. 교회법상 권한은 없으나, 공식 의식을 행

할 때는 수단 위에 빨간 띠를 두르거나 단추를 달 수 있다.

말로도르 : 부마자의 숨 속에서 나는 고기 썩는 냄새

성 미카엘 대천사님,

Sancte Michaël Archangele,
산크테 미켈 아크칸젤레,

싸움 중에 있는 저희를 보호하소서.

defende nos in proelio;
데펜데 노스 인 프렐리오;

사탄의 악의와 간계에 대한 저희의 보호자가 되소서.

contra nequitiam et insidias diaboli esto praesidium.
콘트라 네퀴지암 엣트 인시디아스 디아볼리 에스토 프레시디움.

오, 하느님!

Imperet illi Deus,
임페렛트 일리 데우스,

겸손되이 하느님께 청하오니

supplices deprecamur: tuque,
숩플리체스 데프레카무르: 투쿠에,

8

사탄을 감금하소서. 그리고 천상 군대의 영도자시여,

Princeps militiae caelestis, Satanam aliosque spiritus malignos,

프린쳅스 밀리지에 첼레스티스, 사타남 알리오스퀘 스피리투스 말린뇨스,

영혼을 멸망시키기 위하여 세상을 떠돌아다니는

qui ad perditionem animarum pervagantur in mundo,

퀴 앗드 페르디오넴 아니마룸 페르바간투르 인 문도,

사탄과 모든 악령들을 지옥으로 쫓아버리소서. 아멘.

divina virtute in infernum detrude. Amen

디비나 비르투테 인 인페르눔 데트루데. 에이멘.

주님 자비를 베푸소서.

Kýrie eléison.

키리에 엘레이손.

주 하느님, 전지전능하시며 모든 세기의 주인이신 당신께서는

Dómine Deus noster, Rex saeculorum, Deus Pàter Omnípotens et Omnípollens,

*도/더미네 데우스 노스테르, 렉스 세쿨로룸, 데우스 파테르 옴/엄니포-텐스 엣트 옴니폴렌스

모든 것을 만드시고 모든 것을 당신의 뜻대로 변화시키시는 분이시
나이다.

qui omnia fecit, et omnia mutas cum voluntate tua,

퀴 *옴/엄니아 훼칫트, 에트 옴니아 무타스 쿰 볼룬타테 투아

당신은 바빌론에서 여섯 배가 넘는 화염으로 뒤덮인 불구덩이에서

qui in Babylonia convertisti in rorem flammam fornacis septem temporis ardentis,

퀴 인 바빌로니아 콘베르티스티 인 로렘 플람만 포르나치스 셉템템포리스 아르덴티스,

당신의 거룩한 세 어린 성인들을 구하시고 보호하셨나이다.

et protexisti et servavisti tres sanctos filios tuos;

엣트 프로텍시스티 엣트 세르바비스티 트레스 산크토스 휠리오스 투오스;

저희 영혼의 의사이시며,

Dómine, qui es medicus et doctor animarum nostrarum;

도/더미네, 퀴 에스 메디쿠스 엣트 독크 토르 아니마룸 노스트라룸;

당신을 찾는 이들의 구원이신 분이시여, 당신께 청하오니,

Dómine qui es salus eorum appellantium gratiam tuam, invocamus et exposcimus te,

도미네 퀴 에스 살루스 에오룸 압펠란티움 그라지암 투암, 인보카무스 엣트 엣스포쉬무스 테,

모든 악마의 힘과 사탄의 모든 작용과 활동을 쫓아주시고 없이하시며

vanifica, pelle et fuga omnem diabolicam potentiam, omnem presentiam et satanicam machinationem

바니휘카, 펠레 엣트 후가 옴넴 디아볼리캄 포텐지암, 옴넴 프레센지암 엣트 사타니캄 마키나지오넴

악의 영향과 저주, 혹은 악의를 가진 이들의 시선을 통한 저주,

et omnem malignam influentiam et omne maleficium aut fascinum maleficorum

엣트 옴넴 말린남 인플루엔지암 엣트 옴네 말레휘춈 아웃트 파쉬눔 말레피코룸

당신 종을 향해 저지르는 악행들로부터 보호하소서.

et malorum hominum perpetratum contra servum tuum,

엣트 말로룸 오미눔 페르페투라툼 콘트라 세르붐 투-움,

충만한 선과 힘으로 질투와 저주를 없이하시고, 사랑과 승리로 변화시키소서.

converte invidiam et maleficium in abundantiam bonarum rerum, vim, successum et caritatem;

콘베르테 인비디암 엣트 말레휘춈 인 아분단지암 보나룸 레룸, 빔, 숫쳇숨 엣트 카리타템;

인간을 사랑하시는 주님,

Domine, qui amas homines,

도미네, 퀴 아마스 오미네스,

전능하신 당신 손을 드높으시고, 강인한 당신 팔을 펼쳐 드시어

tende tuas potentes manus et tua altissima et robusta bracchia

텐데 투아스 포텐테스 마누스 엣트 투아 알팃시마 엣트 로부스타 브랏끼아

영혼과 육신의 보호자인 평화와 힘의 천사를 보내시어 당신의 모상인 이 종을 방문하시고 도우러 오소서.

et subvenii et visita hanc imaginem tuam, et mitte supra ipsam angelum pacis, fortem et tutorem animae et corporis,

엣트 숩붸니이 엣트 비시타 안크 임마지넴 투암, 엣트 밋테 수프라 입삼 안젤룸 파치스, 포르템 엣트 투토렘 아니메 엣트 코르포리스,

그리하여 모든 악의 힘이 도망치고,

quem depellet et fugabit quemcumque malam vim,

데펠렛트 엣트 후가빗트 쿰퀘에 말람 빔,

질투와 파괴를 일삼는 이들의 악의와 악행이 허물어지게 하소서.

et omne veneficium et maleficium corruptorum et invidiosorum hominum;

엣트 옴네 베네휘치움 엣트 말레휘치움 코룹토룸 엣트 인비디오소룸 오미눔;

그럼으로써 당신께 보호받는 종은 감사의 목소리를 높여

ut cum gratitudine supplex tuus in tui tutela ac fide tibi caneat:

웃트 쿰 그라티투디네 숩플렉스 투우스 인 투이 투텔라 악크 휘데 티비 카네앗트:

"주님은 나의 목자, 내 그분과 함께 하니, 그 누가 나를 해치리오."

"Dominus es salvator mei et non timebo quid homus faciat mihi".

"도미누스 에스 살바토르 메이 엣트 논 티메보 퀴드 오무스 화챗트 미이".

"나의 하느님이신 당신과 함께 있기에 두려워하지 않나이다. 나의 힘
이시여, 전능하신 주님, 평화의 주님, 선조들과 미래의 주인이신 주님".
"Non timebo mala quia tu mecum es, tu es Deus mei, tu es fortitudo mea,
omnipotens Dominus mei, Dominus pacis, pater futurorum saeculorum v.
논 티메보 말라 퀴아 투 메쿰 에스, 투 에스 데우스 메이, 투 에스 포르티투도 메아, 옴니포텐
스 도미누스 메이, 도미누스 파치스, 파테르 푸토로룸 세쿨로룸.

저희 주님이신 하느님, 당신 종을 굽어보시어
Domine Deus Noster, miserere imaginem tuam et explica servum tuum
도미네 데우스 노스테르, 미세레레 임마지넴 투암 엣트 엑스플리카 세르붐 투움

모든 악과 악으로부터 오는 협박으로부터 당신의 모상을 구하시며,
모든 악으로부터 보호하소서;
ex omni damno aut minatione ab maleficio oriundo et serva et pone eum supra
omne malum;
엑스 옴니 담노 아웃트 미나지오네 압브 말레휘쵸 오리운도 엣트 세르바 엣트 포네 에움 수
프라 옴네 말룸;

지극히 거룩하고 영광스러운 하느님의 어머니이시며 영원하신 동정
마리아와
per intercessionem immaculatae semper Virginis Dei Genitricis Mariae,
페르 인테르쳇시오넴 임마쿨라테 셈페르 비르지니스 데이 제네트리치스 마리에,

빛을 발하는 대천사들과 모든 당신의 성인들의 이름으로 간구하나
이다. 아멘.
splendentium Archangelorum et omnium Sanctorum. Amen".
스플렌덴티움 아르칸젤로룸 엣트 옴니움 산크토룸. 아멘

1
주님, 저희를 버리지 마소서

✝

달빛이 쏟아지는 밤, 이탈리아 성당의 창가에서 작은 불빛이 새어나왔다. 높이 솟은 건물에는 오랜 세월을 지나온 흔적이 묻어났고, 가운데는 온화한 미소를 짓고 있는 성모마리아가 그려져 있었다. 정적이 흐르는 성당 안에는 두 사제가 기도를 올리고 있었다. 천천히 고개를 든 이탈리아인 젊은 사제가 은밀한 목소리로 물었다.

"신부님."

"왜 그러느냐?"

"여쭤 볼 게 있습니다."

"무엇이냐?"

"존경하는 신부님. 세상에 그들이 정말 존재한단 말입니까?"

"그들? 누구를 말하는 것이냐?"

"저희가 잠든 사이 원수가 밀밭에 심어놓고 간 가리지들 밀입니다."

"모르겠느냐. 그들은 세상 곳곳에 은밀하게 숨어있다."

늙은 사제는 12형상을 떠올리며 무거운 표정으로 대답했다. 젊은 사제는 제단 위에 켜진 촛불을 바라보았다. 작은 불꽃 주변으로 따뜻하고 둥근 빛이 일렁거렸다.

"그럼 그들은 무엇을 하는 겁니까?"

"그들은 우리 안에 묶인 채 으르렁거리며 인간들을 두렵게 한다."

"그럼 그들은 왜 숨어있는 겁니까?"

"자신들이 존재를 들키면 인간이 신을 믿기 때문이지. 그들은 인간 속에 숨어 악행을 저질러 왔다. 히틀러, 스탈린, 난징대학살, 9.11테러 모두 그들이 인간의 몸을 빌려 저지른 짓이었지."

젊은 사제는 늙은 사제의 말을 곱씹으며 그 의미에 대해 생각했다. 신의 존재를 부정하며 어둠 속에 숨어있는 존재들. 그들은 고통과 함께했으며 죽음과 가까웠다. 늙은 사제는 손에 든 편지에 시선을 고정한 채 말했다.

"한국에서 12형상 중 하나가 발견되었다고 장미십자회에서 연락이 왔다. 그런데 한국에 있는 정기범 신부와 연락이 되지 않는다."

펼쳐진 편지에는 십자가를 휘감은 붉은 장미 문양이 선명하게 찍혀 있었다. 이야기를 듣던 젊은 사제가 마른 침을 삼키며 물었다.

"설마… 저희가 가야 하는 겁니까?"

늙은 사제의 표정에는 어두운 그늘이 드리웠다. 그러나 성모 마리아를 올려다보는 시선에는 흔들림이 없었다.

**

구름이 가득한 하늘에 보름달이 보였다. 63빌딩 꼭대기에는 수십 마리의 까마귀 떼가 몰려와 검은 덩어리를 이루며 맴돌고 있었다. 허공에 까마귀 울음소리가 스산하게 울려 퍼졌다.

빌딩 입구에 끼익 하는 소리와 함께 낡은 자동차 한 대가 멈춰 섰다. 그리고 그 순간 건물 안에서 급박하게 뛰어나오는 사람이 있었다. 버둥거리는 검은 물체를 품에 안은 채 차를 향해 몸을 날리는 사람은 이탈리아인 늙은 사제였다. 몸부림치는 물체를 감당하기 버거운 듯 인상을 일그러뜨린 늙은 사제는 운전석을 향해 소리쳤다.

"빨리 출발해! 시간이 없어."

젊은 사제는 그 말이 신호탄이라도 되는 것처럼 서둘러 엑셀을 밟았다. 급하게 출발하는 자동차에서 과열된 엔진소리가 났다. 젊은 사제는 한 손으로 핸들을 돌리며 다른 손으로 핸드폰을 집어 들었다. 호흡이 거칠었고 목소리에는 흥분이 가득했다.

"맞습니다. 그 놈이! 일단 축출은 성공입니다!"

뒷좌석에 앉은 늙은 사제는 보자기에 싸인 물체를 끌어안고 끊임없이 중얼거렸다. 어딘가 홀린 사람처럼 내뱉고 있는 것은 기도였다. 기도가 계속되자 보자기 속에 있는 물체가 거칠게 움직이며 꽥! 꽥! 거렸다. 고속으로 내달리는 자동차 소리와 날카롭게 울리는 경적, 정체를 알 수 없는 짐승의 울음이 섞여 차 안은 혼란스러웠다. 젊은 사제는 신경질적으로 쏘아붙이며 말을 이었다.

"알아요! 알아! 오늘밖에 기회가 없었다니까!"

"계속 기도해!"

늙은 사제의 긴박한 목소리에 젊은 사제는 들고 있던 핸드폰을 집어던져 버렸다. 그리고 기도를 중얼거리며 엑셀을 밟았다. 더욱 속도를 높인 낡은 자동차가 요란한 소리를 내며 어두운 도로를 내달렸다.

두 사제가 탄 차는 시내로 들어섰다. 시내에는 빨간불이 바뀐 신호등 아래 수십 대의 차들이 길게 늘어서 있었다. 젊은 사제는 미간을 찡그리고 창밖으로 고개를 내밀어 도로 상황을 살폈다. 앞쪽에서 사고가 난 모양이었다. 정체가 길어지자 젊은 사제는 초조한 얼굴로 주변을 살폈다. 뒷좌석에서 몸부림치는 검은 물체는 괴팍한 소리와 함께 심하게 요동치고 있었다. 늙은 사제와 눈이 마주친 젊은 사제는 결심한 듯 급격히 핸들을 꺾었다. 차는 도로 위에서 유턴하며 반대편 좁은 골목 사이로 들어갔다. 차 한 대가 겨우 지나갈 만큼 좁은 길이었다. 인적이 드문 주택가를 달리는 동안 늙은 사제는 붉은 묵주를 검은 보자기 위에 올리고 신경을 곤두세웠다. 늙은 사제의 입에서 흘러나오는 기도 소리가 깊어지던 순간 차는 픽! 하는 둔탁한 소리와 함께 무엇인가 들이박고 멈춰 섰다. 놀란 젊은 사제는 몸을 부르르 떨었다.

차 앞에는 책가방이 떨어져 있었고 그 옆으로 가느다란 다리가 보였다. 젊은 사제가 차에서 내려 쓰러져 있는 여학생 영신을 향해 조심스럽게 다가갔다. 피를 흘리고 있던 영신은 신음 소리를 내며 몸을 움찔댔다. 젊은 사제가 발걸음을 멈추고 어쩔 줄 모르는 얼굴로 늙은 사제를 돌아보았다. 눈이 마주친 늙은 사제는 단호한 표정으로 고개를 가로저었다. 늙은 사제가 품고 있는 검은 보자기 속에서는 꽥! 꽥! 거리며 거칠게 발악하는 짐승 울음소리가 그치지 않았다. 젊은 사제는 바닥에 쓰러진 영신을 길가로 옮겨 놓은 뒤 다시 차에 올라탔다.

그런데 급히 출발한 차가 골목을 빠져나오는 순간, 고속으로 달려오던 거대한 트럭과 굉음을 내며 부딪쳤다. 두 사제가 탄 차는 순식간에 전복되고 바람에 종이가 날리듯 도로 위를 나뒹굴었다. 검은 까마귀 떼들이 사고 현장 주변에서 일제히 날아올랐다.

쓰러져 있던 영신은 가까스로 일어나 다시 가방을 멨다. 굉음이 들려온 곳을 돌아보자 도로에 자욱한 연기가 보였다. 영신은 몸을 비틀거리며 사고 현장을 향해 걸어갔다. 빈 캔을 밟은 것처럼 처참하게 찌그러진 자동차에서 희미하게 떨리는 목소리가 새어나왔다. 젊은 사제는 허리가 꺾인 채 이미 숨을 거둔 상태였다. 온몸이 붉은 피로 뒤덮인 늙은 사제는 보자기 속에서 빠져나가는 검은 물체를 바라보며 절망스러운 얼굴로 속삭였다.

"주님… 저희를 버리지… 마…소…서….."

영신은 도로를 향해 걸음을 옮기며 재빠르게 움직이는 물체를 목격했다. 자욱한 연기 사이로 빠르게 움직이는 검은 덩어리. 그것을 자세히 살펴보기 위해 눈을 찡그리며 다가섰을 때 작고 검은 돼지가 붉은 눈을 희번덕거리며 영신을 향해 빠르게 다가왔다. 기이한 모습으로 달려오는 돼지를 발견한 영신은 저도 모르게 숨을 참았다. 겁에 질린 영신의 눈동자가 흔들리는 찰나 검은 형상이 영신의 몸을 덮쳤다. 인적이 없는 어두운 도로에는 무거운 침묵이 흘렀다. 숨을 거둔 두 사제의 자동차 바퀴만이 허공을 헛돌며 기이한 소리를 내고 있었다.

P2-1	N	L	2013 11월	여의도 63빌딩 앞	9
				검은 물체를 안고 차에 타는 스승 사제. 급히 출발하는 차.	

C#1

L.S
크헝~!

사자의 소리가 아직 화면에 남아 있고,
여의도 63빌딩의 모습이 보인다.

C#2

빌딩 위로 보이는 초승달.

C#3

고층 빌딩의 모습.
Low Angle

Tilt Down – Track In
자동차 Frame In

검은 물체를 안고 뛰어나오는 이탈리아인 스승 사제.

C#4

달려가는 스승 사제의 뒷모습 Follow

C#5

Track In
서둘러 뒷좌석으로 몸을 던지는 스승 사제.

스승 사제 : 빨리 출발해! 시간이 없어.

C#6

제자 사제 B.S

C#7

기어 변속. C.U

C#8

액셀을 밟는 제자 사제의 발. C.U

C#9

급하게 출발하는 자동차. F.S

화면 가득히 들어오는 헤드라이트. C.U
Frame Out

차 안

기도를 하며 급하게 어딘가로 향하는 다급한 차 안.

C#1

조수석에서 보이는 화면에서 좌 Pan
핸드폰으로 통화를 하는 제자 사제 측면 B.S

제자 사제 : (통화) 맞습니다. 맞아! 그 놈이...
　　　　　　　일단 축출은 성공입니다!

전화기에서는 계속 고함 소리가 들린다.

C#2

자동차 외부에서 제자 사제 M.S

C#3

꽥! 꽥! 거리며 발광하는 보자기 속의 물체

Tilt up

뒷좌석에서 검은 보자기를 안고
계속 중얼거리며 기도를 하는 스승 사제 B.S

C#4

제자 사제 B.S

제자 사제 : (통화) 알아요! 알아! 빌어먹을...
　　　　　　　오늘밖에 기회가 없었다니까!

C#5

스승 사제 B.S

스승 사제 : 야... 이 새끼야! 계속 기도해!

C#6

자동차 외부에서 제자 사제 F.S
핸드폰을 집어 던지고 다급히 기도를 하는
제자 사제. 자동차 속도를 높이며 Frame Out

C#7

자동차 Frame In
두 사람의 기도소리가 들리는 자동차 측면 Follow

C#8

기도하며 운전에 집중하는 제자 사제. B.S

P2-2	N	L	2013 11월	차 안	9
				기도를 하며 급하게 어딘가로 향하는 다급한 차 안.	

C#9

L.S
High Angle
자동차 Frame In - Follow

오토바이 Frame In – Out
위협하듯 이탈리아 사제들의 자동차를
스쳐 지나가는 오토바이 폭주족.

C#1

검은 보자기 안에서 발광하는 물체의 움직임과
더욱 꽉 움켜쥐며 기도하는 스승 사제. C.U

C#2

당황하며 앞을 바라보는 제자 사제 B.S

C#3

갑자기 막혀 있는 차도의 모습.
앞쪽에 무슨 사고가 났는지 차들이 움직이지 않는다.

C#4

L.S
Hign Angle – Boom Up
사고 현장으로 보이는 지점에서 연기가 나고 있다.

C#5

F.S
High Angle

차문을 열고 나와 앞을 살펴보다가 급히 차를 타는
제자 사제.

C#6

운전석에 다시 타고 출발하는 제자 사제. B.S

C#7

급하게 유턴을 하는 자동차.

C#8

유턴 후 좁은 골목으로 들어가는 자동차 따라서 Pan

C#9

급하게 들어오는 자동차.

자동차 Frame Out - Boom Up

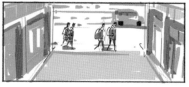

High Angle
지나가는 여고생들.

C#1

운전하는 제자 사제의 뒷모습. B.S

C#2

백미러로 스승 사제를 쳐다보는 제자 사제 측면 B.S

C#3

붉은 묵주를 검은 보자기 위에 올려놓고 계속 기도하는 스승 사제의 모습.

Tilt Down
백미러 아래로 살짝 보이는 실루엣.

C#4

깜짝 놀라는 제자 사제 측면 B.S

C#5

갑자기 퍽! 하고 앞에 무엇인가 차에 부딪친다.
가벼운 충격을 받은 스승 사제. M.S

C#6

브레이크 페달을 밟은 제자 사제의 발. C.U

C#7

끼이익~ 급정지하는 자동차.

C#8

당황한 표정으로 고개를 드는 제자 사제 B.S

C#9

멈춰 서 있는 자동차의 뒷모습. L.S
Tracking

C#10

뒤를 돌아보는 제자 사제 B.S

C#11

굳어 있는 표정의 스승 사제 B.S

C#12

자동차의 헤드라이트에서 우 Pan

차 앞에 떨어져 있는 여학생의 작은 가방과
서 있는 제자 사제의 발.
Tilt Up

내려다 보고 있는 제자 사제. M.S
Low Angle

C#13

제자 사제 POV
High Angle
교복을 입고 쓰러져 있는 모습.
다행히 신음소리를 내며 조금씩 움직이는 영신.

C#14

어쩔 줄 몰라 하는 제자 사제가
차 안의 스승 사제를 바라본다.
Low Angle
좌 Pan

C#15

냉정하게 고갯짓을 하는 스승 사제 B.S

C#16

계속 꽥! 꽥! 거리며 발광하는
검은 보자기 안의 물체. C.U

C#17

쓰러져 있는 영신의 모습. F.S
좌 Pan

LS
끼이익~ 영신을 길가에 남겨놓고
다시 출발하는 자동차.

점점 멀어지며
빠른 속도로 대로에 진입하는 순간.

빠르게 달려오는 차량 한 대 Frame In
쾅! 사제의 자동차를 밀어버린다.
차량 모두 Frame Out

C#1

큰 충격과 함께 뒤집히는 자동차. F.S

C#2

뒤집힌 채로 움직이지 못하는 이탈리아 사제들.

C#3

제자 사제에게 말을 거는 스승 사제.

스승 사제 : 괜찮아?

C#4

제자 사제 : 네... 괜찮...

제자 사제를 비추는 헤드라이트. 쾅!

C#5

뒤집힌 자동차를 향해 엄청난 속도의 트럭 한 대가
Frame In 충돌.
이탈리아 사제들이 탄 차량을 짓뭉개버린다.

C#6

충돌 후 멈춰 서 있는 두 대의 차량. L.S

팔을 잡고 몸을 일으키는 영신. Frame In

영신 : (아파하며) 아...

C#7

비틀비틀 걸어가는 영신. M.S

C#8

사고 현장으로 다가가는 영신. L.S
High Angle

C#9

사고 차량들을 바라보는 영신의 모습. B.S

C#10

찌그러진 자동차에 뒤집힌 채 즉사한 제자 사제. C.U

C#11

피투성이가 되어 꿈틀거리는 스승 사제. C.U

C#12

보자기 속에서 검은 물체 하나가 빠르게 빠져나간다.
Frame Out

C#13

움직이지 못하고 그저 가만히 있는 스승 사제. C.U
피눈물을 흘리며 작게 속삭인다.

스승 사제 : 주님... 저희를 버리지... 마...소...서...

C#14

충돌 후 자동차의 처참한 광경.
영신 POV

C#15

쳐다보는 영신 B.S

C#16

앞쪽에서 무언가 빠르게 다가온다.

C#17

그것을 자세히 보는 영신. C.U

C#18

작고 검은 돼지 한 마리가 붉은 눈을 희번덕거리며
영신에게 빠르게 다가온다.

C#19

놀라는 영신. C.U

C#20

기이하게 달려오는 검은 돼지의 붉은 눈. C.U

C#21

[고속]
영신의 눈동자에 맺힌 돼지의 모습. C.U

2
성부 성자 성령의 이름으로

✝

강의실 안에는 7학년 부제들이 검은 사제복을 입고 기말 시험을 치르고 있었다. 그 중 맨 앞에 앉아 분주하게 손을 움직이고 있는 학생은 최준호였다. 책상 위에 놓인 시험 문제는 로마서 8장 28절을 라틴어로 적으라는 내용이었다. 최준호는 고개를 숙이고 시험지에 시선을 고정한 채 거침없이 답을 써내려갔다. 진지한 얼굴로 손을 놀리던 최준호는 글씨를 적다 말고 멈췄다. 그리고 고개를 최대한 움직이지 않은 채 눈알을 굴리며 교수 신부의 위치를 빠르게 확인했다. 교수 신부가 다른 줄에서 움직이고 있는 것이 보이자 소매를 살짝 걷어 올렸다. 팔에 빽빽하게 쓰인 글씨들이 보였다. 최준호는 미리 준비해온 자신의 컨닝 페이퍼를 훑고 종이 위에 옮기기 시작했다. 그 어느 때

보다 진지한 얼굴로 집중하는 모습이었다.

땡땡땡. 시험 종료를 알리는 종이 울렸다. 학생들은 하나둘 시험지를 제출하고 강의실을 빠져나갔다. 최준호는 가장 마지막까지 남아 필사적으로 시험지를 채우고 있었다. 그 모습을 본 교수 신부는 한심하다는 표정을 지으며 혀를 찼다.

"아야. 그냥 포기해라. 어차피 다 틀렸구만."

최준호는 포기할 수 없다는 듯이 손에 종이를 움켜쥐고 빈칸을 채워나갔다.

해가 저물고 교정에는 밤이 찾아왔다. 기숙사 창문은 하나둘 불이 꺼졌고 자정이 가까워지자 취침을 알리는 원감 신부의 날카로운 목소리가 들렸다. 잠자리에 들기 전 취침 기도를 올리는 낮은 목소리가 이곳저곳에서 새어나왔다. 어둠에 잠긴 기숙사 뒤편에서는 창문 하나가 슬며시 열렸다. 최준호는 캄캄한 2층 방에서 얼굴을 내밀고 주변을 살폈다. 아무도 없는 것을 확인하자마자 풀밭으로 훌쩍 뛰어내렸다. 그리고 순식간에 학교 담벼락까지 달려가 발을 딛고 힘껏 점프했다. 학교를 빠져 나온 최준호는 편의점으로 뛰어가 냉장고에서 소주와 맥주를 꺼냈다. 만족스러운 얼굴로 계산을 마치고 그것을 가방 속에 집어넣었다.

술병으로 가득한 가방은 제법 무거웠다. 날렵한 몸짓으로 담장을 넘어왔지만 문제는 다시 돌아가는 것이었다. 최준호는 긴장한 얼굴로 계획을 실행에 옮기기 시작했다. 학교 정문에는 경비아저씨가 팔짱을 낀 채 굳게 닫혀있는 문을 응시하고 있었다. 그때 한쪽 구석에서 픽! 하고 병 깨지는 소리가 들렸다. 경비아저씨가 빠르게 달려가 무슨 일인지 확인하는 사이 최준호는 빠르게 정문 걸쇠를 열고 몸을 비틀며 학교 안으로 들어갔다. 경비아저씨가 이상한 낌새를 눈치 채고 달려왔지만 정문에는 이미 아무도 보이지 않았다. 아슬아슬한 차이로 구석에 몸을 숨긴 최준호가 가늘게 숨을 내쉬며 가슴을 쓸어내렸다.

기숙사 방으로 돌아가자 두 명의 다른 부제들이 기다리고 있었다. 최준호는 손전등 불빛 아래 전리품을 늘어놓고 의기양양한 표정을 지었다. 그리고 능숙한 손길로 맥주와 소주를 섞어 잔을 돌렸다.

"성부, 성자, 성령의 이름으로⋯ 주님의 보혈!"

나지막하지만 활기찬 목소리로 건배사를 하자 다른 부제들도 잔을 들었다. 최준호는 목을 타고 시원하게 넘어가는 술을 음미하며 저도 모르게 캬! 하고 감탄을 했다.

**

학장실에서 서류를 보고 있던 학장 신부는 머리를 감싸 쥐었다. 서류는 7학년 부제들의 리스트였다.

"좀 까다로운 조건입니다. 50년, 62년, 74년, 86년생으로 호랑이띠. 로만예식서에 나와 있는 구마사 자질 별자리도 심지어 무속에서도 영적으로 가장 민감한 기질을 가지고 태어납니다."

학장 신부는 김 신부의 말을 떠올리며 요구 조건과 맞는 부제를 찾고 있었다. 리스트를 따라 움직이던 손가락이 멈춰선 곳은 1986년 2월 14일 생 최준호의 이름이었다. 학장 신부는 미간을 찌푸리며 최준호의 얼굴을 떠올렸다. 학교에서도 이미 골칫거리로 알려진 학생이었다. 학장 신부는 한숨을 푹 내쉬며 신경질적으로 수화기를 집어 들었다.

잠시 후 가톨릭대학교 본관으로 향하는 교정에는 두 사람이 빠르게 걸음을 옮기고 있었다. 안경을 치켜 올리며 앞서 걷고 있는 사람은 주임이었고, 어리둥절한 얼굴로 마지못해 따라가는 사람은 최준호였다. 주임이 뒤도 돌아보지 않고 최준호에게 물었다.

"부제님, 이번 학기 유급되시는 건 알고 계시죠."

"보아라. 이와 같이 늦게 난 자가 더 먼저 되리라. 마태오 20장 16절."

주임의 물음에 최준호는 능청스러운 말투로 대답했다. 그러자 주임은 예상했다는 듯이 미소를 지으며 말했다.

"어머니께 사제 과정이 8년으로 바뀔 것 같다고 그러셨더라고요. 전화가 와서 제가 정확하게 다시 설명해드렸습니다."

최준호는 부모님께 한 거짓말이 들통 난 것을 깨닫고 얼굴이 굳어졌다. 이제 어떡하지. 유급되는 걸 알면 당장 학교로 찾아오실지 모르는데. 생각만 해도 끔찍했다. 머릿속이 복잡해진 최준호는 뒤통수를 벅벅 긁었다.

주임을 따라 학장실 안으로 들어가자 학장 신부는 통화중이었다. 학장 신부는 최준호의 눈을 마주치며 손짓을 했다. 통화중이니 잠시 기다려달라고 하는 것 같았다. 최준호는 엉거주춤한 자세로 서서 학장 신부를 기다렸다.

"저희도 기사보고 황당했습니다. 네, 참. 요즘 시대에 별사람 다 있죠? 뭐 파직했거나 아니면 사이비 이단이겠죠?"

학장 신부는 열이 오르는지 언성을 높이고 있었다. 기사라는 말을 들은 최준호는 탁자 위에 놓인 신문으로 시선을 돌렸다. 펼쳐진 면의 상단에 있는 토막 기사에 눈길이 갔다. 익숙한 단어들이 보였기 때문이었다. '성북 가톨릭대학병원서 환자 한 명이 병원 5층에서 뛰어내려 자살기도. 가톨릭수도회 신부가 수차례 귀신 쫓기를 한 정황이 드러나' 재빨리 기사를 훑어보는

중에도 학장 신부는 간간히 한숨을 내쉬며 통화를 계속했다.

"아무튼, 그럼 저희 측 입장은 그렇게 정리 해주시면 되고요. 그건 프란치스코회 일이니…. 아니, MBC 일을 KBS에 물어보는 거나 다름없는 거라니깐."

학장 신부는 통화를 끊고도 짜증이 가시지 않는 얼굴이었다. 최준호가 눈치를 보며 멀찌감치 서있자 학장 신부가 소파에 앉으라고 손짓하며 입을 열었다.

"7학년 최준호, 오랜만이네. 86년생 호랑이 띠 맞지?"

최준호는 자세를 고쳐 잡으며 고개를 끄덕였다. 학장 신부가 말을 이었다.

"부모님이 출생신고 늦게 하시거나 더 빨리 하고 그러시진 않았고?"

"그럼요."

"그래. 학교생활은 어때?"

"뭐 7학년 졸업반이라 많이 바쁠 줄 알았는데 그렇지 않게 되겠네요."

"그래, 사실 모두 자네가 7학년까지 무사히 왔다는 것도 기적이라고 생각은 하고 있어. 아슬아슬하니까."

"사실 좀 억울한 게 없는 건 아닙니다. 교구 성당들은 모두 진보적이니 현대적이니 그러면서, 신학교는 무슨 중세시대도 아니고. 이제 다 각자 나름대로 구도 방법이 있는 거라고 생각합니다. 다소 좀 기준에 안 맞더라도 절대 성무일도나 미사에 빠진 적도…."

학장 신부는 장황하게 의견을 늘어놓는 최준호의 말을 끊으며 나지막한 소리로 중얼거렸다.

"나름의 구도 방법이라…."

최준호는 학장 신부의 눈치를 보다가 금세 태도를 바꿨다. 제때 졸업할 수 있는 길이 있다면 그것은 학장 신부의 손에 달렸을 거라는 빠른 판단 때문이었다.

"아, 아닙니다. 죄송합니다."

"흠…. 좋은 소식이 있고 나쁜 소식이 있는데, 뭐 먼저 들을래?"

"당연히 좋은 소식 먼저 듣겠습니다."

"좋은 소식은 이번에 교황님께서 방한하실 때, 우리 학교에 방문 하신다는 거다. 그래서 여름 방학 내내 학사들이 합창 연습을 할 계획이다."

"와~ 정말 좋은 소식이네요."

최준호는 억지로 미소를 지으며 맞장구를 쳤다. 그러자 학장 신부가 문득 목소리를 낮추고 말을 이었다.

"나쁜 소식은, 자네는 합창 연습을 안 해도 된다는 거."

최준호는 영문을 알 수 없다는 표정을 지었다. 그러자 학장 신부가 탁자 위에 놓인 신문을 가리키며 말했다.

"거기 신문 봤잖아."

"이게 사실입니까?"

"대구 상인동에 있는 프린치스코회 김범신 베드로 신부라고. 그 은퇴하시고 병원에 계시는 정기범 신부님 알지?"

"네, 3학년 때 토테미즘과 해방 수업을 들었습니다."

"그 분과 같이 장미십자회라는 비공식 단체에 소속되어 있는 사람인데, 작년 겨울부터 한 아이에게 구마를 하고 있어. 나를 포함해서 몇몇 신부들만 비밀리에 이것저것 도와주고 있는 상황이고. 근데 얼마 전에는 환자가 병원에서 뛰어내려 버렸어. 다행인지 모르겠지만 죽지 않고 식물인간이 됐는데 계속 집착하고 있으시네. 참."

최준호는 무거운 이야기에 사뭇 진지한 얼굴이 되었다.

"수도회 측에서 김 신부를 도와주는 보조 사제가 하나 있는데. 좀 사정이 생겼나봐. 그리고 수도회는 요즘 일손이 많이 딸린다고 그러고…."

"설마… 제가…?"

최준호는 놀란 얼굴로 물었다. 학장 신부는 그런 최준호를 가만히 바라보다가 말했다.

"별거 있겠어? 그냥 보조 사제야. 옆에서 시키는 대로만 하면 돼. 뭐 싫으면 올 여름 합창 연습 열심히 해도 되고."

"제가 딱 적임자인 거 같습니다."

합창이 생각나자 최준호는 적극적으로 나섰다. 여름 내내 학교에서 노래 연습을 반복할 생각을 하니 벌써부터 몸이 근질거렸기 때문이었다. 학장 신부는 최준호가 수락하자 자리에서 일어나 책상에 놓아둔 서류봉투를 집어 들었다. 그리고 입단속하라는 경고와 함께 서류를 건넸다.

"cum linguae sanctae!"(거룩한 혀!)

최준호가 엄지를 들어 입에 성호를 그으며 대답했다.

"김 신부가 주고 간 거야. 살펴보고. 거기 주소가 하나 있는데, 김 신부를 도와주던 수도회 수사야. 가서 필요한 거 받아 와. 무슨 일이 있었는지 잠수 타서 아무도 안 만나는 중이래."

서류를 받아든 최준호를 향해 학장 신부가 말했다. 최준호는 인사를 하고 돌아섰다. 학장실을 나서려는 찰나 깊은 한숨소리가 등 뒤로 날아들었다.

**

비가 쏟아지는 골목을 걸으며 최준호는 박 수사의 집을 찾고 있었다. 먹구름에 가려 햇빛이 들지 않는 날씨와 사방에 풍기는 물비린내가 어우러져 스산한 분위기를 자아냈다. 발걸음을 옮길 때마다 빗물에 흠뻑 젖은 바짓단이 질척거렸다. 주소가 적힌 종이와 간간히 보이는 표지판을 번갈아 보며 길을 찾던 최준호는 갈림길에서 오른쪽 오르막길을 향해 걸었다. 경사진 언덕을 타고 빗물이 흘러내렸다.

주소가 가리키는 집은 허름한 외관의 2층 주택이었다. 최준호는 검은 우산을 어깨에 받쳐두고 초인종을 눌렀다. 집안과 연결된 스피커에서는 아무 소리도 들리지 않았다. 몇 번 더 초인종을 누르며 기다려보았지만 역시나 마찬가지였다. 최준호는 어쩔 수 없이 잠기지 않은 문을 슬며시 밀고 들어갔다. 순간 2층으로 오르는 외부 계단 앞에 묶여있던 개가 사납게 짖어대기 시작했다. 컹! 컹! 허공을 울리는 소리가 귓가에 꽂히자 최준호는 부르르 몸을 떨었다.

천천히 숨을 고르며 계단 가까이 다가갔다. 검은 개는 날카로운 이빨을 드러내고 으르렁거렸다. 최준호는 더 이상 앞으로 다가가지 못하고 주변을 두리번거렸다. 문득 계단 옆에 놓인 장독대가 보였다. 그것을 밟고 계단 중간부터 올라섰다. 개는 쇠줄이 팽팽하게 당겨질 만큼 몸부림치며 끊임없이 짖어댔다.

계단을 오르자 불투명한 유리로 이루어진 현관문이 보였다.

문을 두드리며 박 수사를 찾았다.

"마태오 수사님!"

집 안에서는 아무런 대답이 없었다. 고개를 돌려 집을 살펴보기 시작했다. 창문마다 커튼이 드리워져 있었고 사람의 그림자는 찾아볼 수 없었다. 마지막이라고 생각하며 문고리를 잡고 흔들어보았다. 현관문이 덜컹거리면서 요란한 소리를 냈다. 순간 문틈 사이로 검은 눈동자가 보였다. 최준호는 화들짝 놀라 뒷걸음질을 치며 비명을 질렀다. 틈새로 보이는 눈동자는 경계하는 눈빛을 숨기지 않았다.

"누구야?"

걸걸한 중년 남자의 목소리가 흘러나왔다.

"가톨릭대 학장 신부님께서 보내서 왔습니다. 제가 대신 김 신부님 도와드릴 보조 사제입니다."

잠시 정적이 흐르고 철컥 문이 열렸다. 최준호는 우산을 접으며 집 안으로 들어섰다. 물건들이 어수선하게 놓여있는 거실이 한눈에 들어왔다. 박 수사는 별다른 말없이 방에 들어가 이것저것 자료들을 챙기기 시작했다. 식탁 위로 뜨거운 김이 올라오고 있었다. 최준호는 낯선 집 안을 둘러보다가 문득 정신을 차리고 인사를 건넸다.

"안녕하세요. 7학년 최준호 부제입니다."

"신학생이야?"

박 수사는 최준호의 얼굴을 흘끔거리며 물었다. 최준호가 그렇다고 대답하자 노골적으로 비웃으며 말했다.

"이젠 아주 새파란 것들을 다 보내는구만."

"새파랗지는 않고요. 곧 서른입니다. 그럼 수사님도 호랑이 띠면 62년생…."

말끝을 흐리는 최준호를 향해 걸어 나오며 박 수사가 말했다.

"나 74 범띠야."

최준호는 흠칫 놀라며 곧바로 사과를 했다. 자료를 들고 거실로 걸어가는 박 수사의 모습은 제 나이보다 늙어보였다. 머리숱이 적었고 눈가에는 주름이 깊었다. 그러나 어딘지 모르게 고집이 느껴지는 강인한 얼굴이었다. 박 수사는 거실에 주저앉아 들고 있던 자료를 펼쳐놓았다. 바닥에 시선을 고정한 채 자료에 대해 설명하기 시작했다.

"이건 로만예식서 영어판이고 이건 이탈리아어 원판이야. 거의 대부분 영어판을 많이 써. 그리고 이건 서취노트. 보조 사제들이 적는 거고, 이건 녹음기, 테이프들. 그리고 김 신부와 연락하는 핸드폰."

일방적으로 설명을 마친 박 수사는 자리에서 일어나 식탁으로 걸어갔다. 그리고 등을 돌린 채 다시 식사를 하기 시작했다.

최준호는 박 수사의 뒷모습을 쳐다보다가 몸에 퍼져있는 반점들을 발견하고 흠칫했다. 머릿속에 여러 가지 질문들이 떠올랐다.

"근데 무슨 일이 있으시기에 그만 두시는 거죠?"

박 수사는 게걸스럽게 밥을 떠먹었다. 숟가락이 달그락거리며 그릇에 부딪치는 소리가 들렸다.

"몸도 좀 안 좋고, 고향에 계신 부모님께 좀 가봐야 할 일이 생겨서."

"아, 몸이 어디가 편찮으신데요? 고향에 부모님은 무슨 일이 있으세요?"

준호가 질문을 쏟아내자 박 수사는 짜증이 일었는지 고함을 쳤다.

"니가 뭔데 그런 걸 물어봐!"

"죄송합니다."

최준호가 사과를 하자 박 수사는 들고 있던 숟가락을 내려놓으며 말했다.

"야, 내가 하는 얘기 잘 들어. 너, 그냥 거기 가봐야…"

그때 누가 현관문을 두드리는 소리가 들렸다. 쾅! 쾅! 요란스러운 소리가 울리자 1층에 묶여있던 개가 다시 짖기 시작했다. 최준호는 어찌할 바를 몰라 난처한 얼굴로 집주인을 바라보았다. 박 수사는 아무 소리도 들리지 않는 사람처럼 꾸역꾸역 밥을 먹었다.

"야! 거기 있는 거 보여. 문 좀 열어봐!"

"싫습니다. 신부님. 이번에는 본당 쪽까지 가셨네요. 거기서 사람 보내줄 거예요. 저는 그만 빠지겠습니다."

박 수사의 단호한 거절에 문 밖에서는 땅이 꺼질 듯한 한숨 소리가 들렸다.

"내가 그 핏덩이랑 어떻게 일을 하나?"

거실에 서서 핏덩어리라는 말을 들은 최준호는 입술을 삐죽거렸다. 김 신부는 박 수사를 향해 소리치며 말했다.

"문 열어봐 이 새끼야! 지금 장난하는 줄 알아? 거의 다 됐잖아!"

"쳇. 다 되긴 뭐가 다 됐다고 그러십니까? 정신 차리세요. 신부님도."

박 수사가 차가운 얼굴로 대답했다. 식탁 위에 음식들이 점점 식어가고 있었다. 김 신부는 창문 가까이 얼굴을 가져다 대고 애걸하다시피 말했다.

"한 번만 도와줘. 이번이 진짜 마지막이야. 응? 밥이라도 먹자."

"싫다고. 그냥 가라고!"

최부제에게 보조사제 역할을 맡기는 학장신부.

C#1

F.S
통화 중인 학장신부.
최부제 Frame In

학장신부는 방으로 들어와 인사를 하는
최부제를 보고 고개를 끄덕인다.

C#2

학장신부 B.S

학장신부 : (통화) 저희도 기사보고 황당했습니다.
　　　　네... 참... 요즘 시대에 별사람 다 있죠?
　　　　뭐 파직했거나 아니면 사이비 이단이겠죠?

C#3

학장신부 OS 최부제 F.S

C#4

최부제 측면 B.S
High Angle

최부제는 소파에 앉아 테이블 위에 놓인
신문 한 구석에 보이는 작은 기사를 본다.

C#5

신문기사 C.U

'6개월 전 성북 가톨릭대학병원에서 여고생 자살기도.
알고 보니 가톨릭 수도회 신부가 수차례 귀신 쫓기를
한 정황이 드러나...'

10	D	O	2014 8/1	가톨릭대학교 학장실	30

최부제에게 보조사제 역할을 맡기는 학장신부.

C#6

최부제 C.U

학장신부 : (통화) ... 아무튼 그럼 저희 측 입장은
그렇게 정리 해주시면 되고요. 그건
프란치스코회 일이니... 아니... MBC의 일을
KBS에 물어보는거나 다름없는 거라니깐
참... 네~

C#7

측면 F.S
학장신부 Frame In

깊은 한숨으로 최부제를 바라보는 학장신부.

학장신부 : 웅.. 7학년 최준호.

최부제 : 네.

C#8

학장신부 B.S

학장신부 : 86년생 호랑이 띠 맞지?

C#9

최부제 B.S

최부제 : 네.

C#10

학장신부 B.S

학장신부 : 뭐 부모님이 출생신고 늦게 하시거나 더
빨리 하고 그러시진 않았고?

C#11

최부제 B.S

최부제 : 그럼요.

학장신부 : 흠... (한숨) 그래... 학교생활은 어때?

최부제 : 뭐 7학년 졸업반이라 많이 바쁠 줄 알았는데
그렇지 않게 되겠네요.

C#12

학장신부 측면 B.S

학장신부 : 그래.. 사실 모두 자네가 7학년까지 무사히
왔다는 것도 기적이라고 생각은 하고 있어.
(서류를 보며) 아슬아슬하네...

Insert
- 지원동기

C#13

최부제 측면 C.U

최부제 : 사실 좀 억울한 게 없는 건 아닙니다. 교구
성당들은 모두 진보적이니 현대적이니
그러면서, 신학교는 무슨 중세시대도 아니고...
이제 다 각자 나름대로의 구도 방법이 있는
거라고 생각합니다. 다소 좀 기준에 안 맞더
라도 절대 성무일도나 미사에 빠진 적도..

학장신부 : ... (정색하며 최부제를 노려본다)

최부제 : 아. 아닙니다. 죄송합니다.

학장신부 : 흠... 좋은 소식이 있고 나쁜 소식이 있는데...
뭐 먼저 들을래?

최부제 : 당연히 좋은 소식 먼저 듣겠습니다.

학장신부 : 좋은 소식은 이번에 교황님께서 방한하실
때, 우리 학교에 방문하신다는 거. 그래서
여름 방학 내내 학사들이 합창 연습을 할
계획이다.

C#14

최부제 : 와~우~정~말 좋은 소식이네요. 쩝...

학장신부 : 나쁜 소식은, 자네는 합창 연습을 안 해도
된다는 거.

최부제 : ...?

C#15

학장신부 C.U
학장신부 : 거기 신문 봤잖아.

C#16

테이블 위 신문

Tilt Up

최부제 B.S

최부제 : (신문을 자세히 보며) 이게 사실입니까?

C#17

학장신부 : 대구 상인동에 있는 프란치스코회 김범신
　　　　　베드로 신부라고.. 그 은퇴하시고 병원에
　　　　　계시는 정기범 신부님 알지?

최부제 : 네.. 3학년 때 수업을 들었습니다.

학장신부 : 그 분과 같이 장미십자회라는 비공식 단체
　　　　　에 소속되어 있는 사람인데, 작년 겨울부터
　　　　　한 아이에게 구마를 하고 있어. 나를 포함
　　　　　해서 몇몇 신부들만 비밀리에 이것저것
　　　　　도와주고 있는 상황이고. 근데, 얼마 전에는
　　　　　환자가 병원에서 뛰어내려 버렸어.
　　　　　다행인진 모르겠지만, 죽지는 않고 식물
　　　　　인간이 됐는데도 계속 집착하고 있으시네.
　　　　　참..

C#18

학장신부 측면 C.U

C#19

최부제 측면 C.U

최부제 : ... 네.

최부제에게 보조사제 역할을 맡기는 학장신부.

C#20

최부제 OS 학장신부 B.S

학장신부 : 수도회 측에서 김신부를 도와주는 보조사제
가 하나 있는데... 좀 사정이 생겼나봐.
그리고 수도회는 요즘 일손이 많이
딸린다고 그러고...

C#21

학장신부 OS 최부제 B.S

최부제 : 설...마 제가...

C#22

학장신부 : 각 교구에 주임 신부나 보좌 신부들한테
부탁하면 금방 소문이 퍼질테고...
안 그래도 억지로 언론에도 입단속 시키고
있는 중인데...

최부제를 바라보는 학장신부.

학장신부 : 뭐 별거 있겠어?

C#23

학장신부 OS 최부제 B.S

최부제 : 왜 저죠?

C#24

최부제 OS 학장신부 B.S

학장신부 : 니가 그거 알아서 뭐할라고?
다~ 심사숙고해서 너 부른 거야. 아니면
올 여름 합창 연습 열심히 해도 되고...

C#25

최부제 B.S

최부제 : 제가 딱 적임자 같습니다.

C#26

F.S
자리로 돌아가 서류를 건네는 학장신부.
최부제 일어난다.

학장신부 : (책상 위의 서류를 건네며) 입단속!

최부제 : (입에 엄지로 성호를 그으며)
cum lingua sancta! (거룩한 혀!)

C#27

최부제 OS 학장신부 B.S

최부제 일어나서 서류봉투를 받는다.

C#28

학장신부 OS 최부제 M.S
Low Angle

학장신부 : 김신부가 주고 간 거야. 살펴보고. 거기
주소가 하나 있는데, 김신부를 도와주던
그 수도회 수사야. 가서 필요한 거 신송 받아.
무슨 일이 있었는지… 잠수타서 아무도 안
만나주고 있는 중이래.

최부제 : …… 네.

최부제 OS 학장신부 B.S

학장신부 : 그래도 다음에 갈 사람이 가면 만나주겠지…

C#29

C#30

최부제 C.U
최부제의 얼굴 위에 들리는 천둥소리. 쿠구궁!

C#1

빽빽하고 복잡한 주택가.

C#2

L.S
High Angle
Zoom In
비가 오는 음산한 길거리를
우산을 쓰고 걸어가는 최부제.

학장신부 : (V.O) 가서 무슨 일이 있었는지도 좀 슬쩍
　　　　　　물어봐. 김신부에 대해서도...
　　　　　　사람이 이상해졌더라고... 평판도 좀
　　　　　　안 좋고...

C#3

손에 든 주소를 보는 최부제.

C#4

주소를 본 뒤 주변을 둘러보는 최부제. B.S

C#5

F.S
앞에 보이는 갈림길.
오르막길로 걸어 올라가는 최부제.

| 12 | D | L | 2014 8/2 | 박수사의 집 마당 | 11 |
| | | | | 박수사의 집에 도착한 최부제. 사슬에 묶인 검은 개가 사납게 짖고 있다. | |

C#1

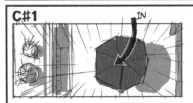

High Angle
허름한 주택집 앞.
최부제의 검은 우산 Frame In 멈춰 선다.

C#2

문 앞에 서 있는 최부제. L.S

C#3

최부제 B.S
Track In
초인종을 누르지만 작동되지 않는다.
조금 열려 있는 대문.
어쩔 수 없이 슬그머니 대문을 열고 들어가는 최부제.

순간 컹! 컹! 컹!

C#4

올라가는 외부 계단 옆에 묶여
사납게 짖고 있는 크고 검은 개 한 마리. C.U

C#5

F.S
컹! 컹! 겁먹고 뒤로 물러나는 최부제.

C#6

개 OS 최부제 M.S
Low Angle

C#7

이빨을 드러내며 노려보는 검은 개. C.U
움직일 때마다 팽팽하게 당겨지는 쇠줄.
Follow Pan

C#8

최부제 C.U

C#9

F.S
어쩔 수 없이 최부제는 옆으로 돌아가 계단 옆으로 기어 올라간다.

C#10

올라가다 뒤를 돌아 바라보는 최부제. B.S

C#11

최부제 M.S
High Angle.

최부제 Frame Out

OUT

컹! 컹!

계단 밑의 개는 계속 최부제를 향해 짖어댄다.

C#1

문을 두드리는 최부제. C.U

최부제 : 저기요. 마태오 수사님!

Pan

아무도 없는 듯 집 안에서는 대답이 없다.

최부제 : (혼잣말) 아무도 없나... 아이씨...

C#2

L.S
주변을 두리번거리는 최부제.
굳게 닫혀 커튼이 쳐져 있는 창문.

C#3

집 안을 살피며 움직이는 최부제. K.S

최부제 : 저기요! 아무도 안 계시나요!

여전히 대답이 없는 집 안.
작게 나 있는 문틈 사이로 안을 훔쳐보는 최부제.

C#4

문틈 사이. C.U
누군가의 눈동자 Frame In

C#5

최부제 측면 M.S
Zoom In

최부제 : (깜짝 놀라며) 으악!

화들짝 뒤로 물러나는 최부제.
안에서 작게 들리는 굵은 목소리.

박수사 : 누구냐...

최부제 : 저... 가톨릭대 학장신부님께서 보내서 왔습니다.

박수사 : (V.O) 근데.

최부제 : 뭐 좀 받아오라고 하셔서요.

박수사 : (V.O) 뭘...

최부제 : 저... 김범신 신부님 아시죠?

박수사 : (V.O) ... 모르는데.

최부제 : 네? 프란치스코회 마태오 수사님 아니세요?

박수사 : 너 누구야!

최부제 : 제가 대신 김신부님 도와드릴 보조사제입니다.

C#6

최부제 측면 B.S

잠시 후 철컥하고 열리는 문.

C#1

F.S
방으로 들어와 안에서 짐을 챙기는 박수사.
문 앞에 보이는 최부제.

최부제 : 죄송합니다. 식사 중이신데.

박수사 : ...

최부제 : 대문이 열려 있어서 그냥 들어왔습니다.

박수사 : ......

C#2

좁은 부엌의 식탁 위에는 된장찌개와
밥에서 뜨거운 김이 올라오고 있다.

C#3

최부제 M.S

최부제 : (머쓱하게) 안녕하세요. 최준호 부제입니다.

C#4

최부제 POV
High Angle

박수사 : 신학생이야?

최부제 : 네.

박수사 : 훗... (비웃음) 이젠 아주 새파란 것들을 다
보내는구만.

C#5

최부제 B.S

최부제 : 새파랗지는 않고요. 곧 서른입니다. 그럼...
수사님도 호랑이띠면 6...2년...생......

C#6

박수사 B.S

박수사 : 나 74 범띠야.

C#7

최부제 B.S

최부제 : (놀라며) 아. 죄송합니다.

C#8

바닥에 툭 던져지는 책.

Tilt Up

박수사 C.U
나이에 비해 늙어 보이지만 강인한 인상의 박수사.
최부제와 눈을 마주치지 않고 자료를 하나하나
설명해준다.

박수사 : 이건 로만예식서 영어판이고 이건 이탈리아어
원판이야. 거의 대부분 영어판을 많이 써.

C#9

박수사 OS 최부제 B.S

박수사 : 그리고 이건 서취노트. 보조사제들이 적는
거고, 이건 녹음기... 테이프들 그리고 이거는
김신부와 연락하는 핸드폰.

C#10

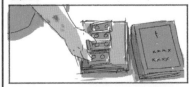

각종 자료와 물품들 C.U

C#11

박수사 OS 최부제 B.S

C#12

박수사 B.S

C#13

하나하나 살펴보다 핸드폰을 집어 드는 최부제.

박수사에게 인수인계 받는 최부제와 박수사를 설득하는 김신부.

C#14

F.S
핸드폰의 전원을 켜려는 최부제.

C#15

박수사 B.S
박수사 : 야! 켜지마.

C#16

박수사 OS 최부제 B.S

최부제 : 아. 네...

C#17

핸드폰을 다시 놓고 허름한 공책을 든다.

C#18

F.S

최부제 : 이게 서취노트군요.

노트에는 날짜별로 빽빽하게 글씨들이 적혀있다.
라틴어, 독일어, 중국어 등...

최부제 : 수사님... (눈치를 보며) 근데 무슨 일이 있으시
기에 그만 두시는 거죠?

박수사는 대답 없이 일어나 Frame Out

C#19

자료들을 보는 척하며 은근히 박수사의 대답을
기다리는 최부제.
High Angle

C#20

박수사 OS 최부제
식탁으로 가 먹던 밥을 꾸역꾸역 먹기 시작하는 박수사.

박수사 : ... 뭐 몸도 좀 안 좋고... 고향에 부모님께 좀
가봐야 할 일이 생겨서...

C#21

최부제 C.U

최부제 : 아... 몸이 어디가 편찮으신데요..

C#22

박수사 OS 최부제

박수사 : 뭐... 과로 같은 거지 뭐...
좀 쉬어야 할 것 같아...

C#23

최부제 C.U

최부제 : 아~ 네. 그럼... 고향에 부모님은 무슨 일이...

C#24

박수사 M.S

박수사 : (발끈) 니가 뭔데 그런 걸 자꾸 물어봐!

C#25

최부제 F.S
High Angle

최부제 : 죄송합니다.

C#26

F.S
Low Angle
Track In

박수사 : 쯧... (잠시 후) 야... 내가 하는 얘기 잘 들어.
너... 그냥 거기 가봐야...

그때 밖에서 들리는 개 짖는 소리.

C#27

최부제 C.U

그리고 누군가 계단을 올라오는 소리가 들린다.
문을 바라보는 최부제와 박수사.

C#28

박수사 C.U

C#29

M.S
쾅! 쾅! 쾅! 누군가 문을 두드린다.

김신부 : (V.O) 문 좀 열어봐. 태근아.

C#30

최부제 B.S
숨을 죽이고 가만히 있는 최부제.
박수사 쪽으로 Pan

아무렇지도 않은 듯 밥을 계속 먹는 박수사.

김신부 : (V.O) 얼굴 좀 보자. 나와 봐...

박수사 : ......

C#31

M.S

김신부 : (V.O) 야... 야... 거기 있는 거 보여... 문 좀 열어봐! 임마.

C#32

박수사 M.S

박수사 : (단호하게) 싫습니다. 신부님.

C#33

M.S

김신부 : (V.O) 알았다니까! 얼굴만 좀 보자고..

C#34

박수사 측면 B.S

박수사 : 이번에는 본당 쪽까지 가셨네요. 거기서 사람 보내줄 거예요. 저는 그만 빠지겠습니다.

C#35

M.S

김신부 : (V.O) ... (한숨) 아니야... 아닌 것 같다. 내가 그 핏덩이들이랑 어떻게 일을 하나?

C#36

최부제 C.U
가만히 두 사람의 대화를 듣고 있는 최부제.

C#37

M.S

김신부 : (V.O) 문 열어봐 이 새끼야! 지금 장난하는 줄
알아? 거의 다 됐잖아!

C#38

박수사 측면 B.S

박수사 : (냉정하게) 쳇. 다 되긴 뭐가 다 됐다고
그러십니까? 정신 차리세요. 신부님도...

C#39

M.S

김신부 : (V.O) 한 번만 도와줘. 이번이 진짜 마지막
이야. 응? (화를 삭이듯) 알았어.
나와 그럼. 밥이나 먹자.

C#40

박수사 C.U

박수사 : (울부짖으며) 싫다고. 그냥 가라고!

C#41

F.S
적막이 흐르는 방 안.
밖에서 짖고 있는 개소리만 작게 들린다.

C#42

M.S
잠시 후, 쾅! 문을 걸어차는 김신부.

김신부 : (V.O) .... 병신 새끼.

김신부 Frame Out

계단을 내려가는 소리가 들리고 잠시 후 깨갱! 하는 개소리가 들린다.

C#43

최부제 B.S
고개를 돌려 박수사를 쳐다보는 최부제.

C#44

박수사 M.S
무심하게 밥을 먹는 박수사.

C#45 / 14-1 박수사의 집 앞 거리 (D/L)

L.S
High Angle
돌아가는 김신부의 뒷모습.

C#46

최부제 측면 B.S
김신부의 뒷모습을 바라보는 최부제.

박수사 Frame In
잠시 바라보고 다시 돌아가는 박수사
박수사 Frame Out

IN
OUT

최부제 : 김신부님이 뭐 잘못한 거라도 있...

C#47

박수사 뒷모습 F.S

박수사 : 그냥 가라.

C#48

최부제 B.S

최부제 : 네... 죄송합니다. 가겠습니다.

C#49

박수사 OS 최부제 F.S
최부제 가방을 메고 문 쪽으로 간다.

최부제 : (가다말고 돌아서) 근데…… 수사님.

박수사 : 야!

C#50

최부제 B.S

최부제 : 뭐가 있긴 있는 겁니까?

박수사 : 아니. (쩝쩝)

최부제 : …

C#51

박수사 K.S

박수사 : 뭐가 있긴 있지. 저기 저 미친놈. (쩝쩝)

C#52

최부제 B.S

최부제 : 네. 그럼 몸조리 잘하세요.

자신을 보고 짖는 개를 노려보는 최부제.

C#1

L.S
High Angle

개를 피해 계단을 내려가는 최부제.

C#2

박수사 F.S
Low Angle

최부제를 바라보는 박수사.

C#3

최부제 B.S
High Angle

박수사의 집 창문을 잠시 쳐다보고
고개를 돌리는 최부제.

C#4

개 OS 최부제 K.S
Low Angle

개를 쳐다보는 최부제.

C#5

최부제 POV
으르렁거리는 검은 개.

| 15 | D | L | 2014 8/2 | 박수사의 집 마당 | 8 |
| | | | | 자신을 보고 짖는 개를 노려보는 최부제. | |

C#6

철컥거리는 쇠사슬. C.U

C#7

[셔터스피드 빠르게]
F.S
최부제 우산 아래로 개를 한참 바라본다.

C#8

[셔터스피드 빠르게 / 고속]
최부제 C.U
알 수 없는 최부제의 눈빛.

김 신부를 향해 소리치는 박 수사의 얼굴은 울상이 되었다. 목소리가 거칠게 갈라져서 절규처럼 들렸다. 박 수사의 입에서 튀어나온 음식들이 사방으로 튀었다. 집 안에는 불편한 침묵이 흘렀다. 개 짖는 소리가 작게 들려오고 빗소리만 가득했다. 문밖에 얼어붙은 듯이 서 있던 김 신부는 발로 문을 힘껏 걷어찼다.

"병신 새끼."

김 신부의 목소리가 비수처럼 날아들었다. 터벅터벅 계단을 내려가는 발소리가 나고 깨갱! 하며 신음하는 개소리가 이어졌다. 최준호는 창가로 다가가 커튼을 걷고 빗속으로 사라지는 김 신부의 뒷모습을 지켜보았다. 박 수사도 어느새 다가와 멀어져가는 김 신부의 모습을 제 눈으로 확인했다. 최준호는 잠시 머뭇거리다가 눈을 치켜뜨며 물었다.

"뭐가 있긴 있는 겁니까?"

박 수사는 선뜻 대답하지 못했다. 그러나 이내 가볍게 고개를 흔들며 말했다.

"뭐가 있긴 있지. 저기 저 미친놈."

박 수사는 이만 가보라는 듯이 손을 휘휘 저었다. 그리고 입안에 남아있는 음식물을 쩝쩝 씹으며 다시 식탁 의자에 앉았다. 최준호는 바닥에 널린 자료들을 한데 모아 가방에 집어넣고 현관을 나섰다.

최준호가 우산을 펴고 계단을 내려오자 개는 다시 맹렬하게 짖기 시작했다. 개의 목을 죄고 있는 쇠사슬이 철컹거리며 요란한 마찰음을 더했다. 최준호는 날카로운 개의 눈빛과 붉게 드러난 잇몸, 그리고 뾰족한 이빨을 보며 분노가 치솟는 것을 느꼈다. 우산 아래로 검은 개를 노려보며 오랜 기억을 떠올렸다.

어린 시절 최준호는 여동생을 데리고 폐가를 향해 걸어가고 있었다. 무당이 살았던 폐가에는 눈을 부릅뜨고 있는 붉은 얼굴의 탱화가 그려져 있었고, 여기 저기 알 수 없는 물건들이 흉측한 모습으로 남아 있었다. 그리고 집 앞에는 털이 듬성듬성 빠진 개가 묶여 있었다. 어린 최준호는 그곳에서 우연히 발견한 새끼 강아지들을 여동생에게 보여줄 생각으로 가득했다. 막상 여동생과 함께 폐가에 도착하자 쇠사슬에 묶인 커다란 개가 맹렬하게 짖어대기 시작했다. 날카로운 이빨을 따라 침이 길게 늘어졌고, 팽팽하게 당겨지던 쇠사슬이 위태롭게 벌어졌다. 겁이 난 남매가 더 이상 다가가지 못하고 뒷걸음질을 쳤을 때 갑자기 줄이 뚝 끊겨졌다. 커다란 개는 순식간에 여동생을 덮쳤다. 날카로운 이빨에 목덜미가 물린 여동생은 고통스럽게 몸부림치며 소리쳤다. 살려달라는 소리가 어린 최준호를 향해 날아들었다. 여동생은 가까스로 오빠의 신발을 붙잡았지만 어린 최준호는 개의 날카로운 이빨 사이로 흐르는 붉은 피를 보고 완전히 겁에 질린 상태였다. 가까스로 몸을 일으켜 주변에 있는 돌덩이를 집어 들었지만 맹렬한 살기가 뿜어져 나오는 개에게 다가가지 못한 채 몸이 얼어붙었다. 커다란 개는 여동생의 숨이 완전히 끊어질 때까지 목덜미를 놓지 않았다.

서늘한 바람이 스치자 최준호는 오한을 느끼며 몸을 떨었다. 한 번 떠오르기 시작한 기억은 도미노처럼 이어지며 머릿속을 가득 메웠다. 그리고 기숙사에 도착할 때까지 악몽을 꾸는 것처럼 빠져나올 수 없었다. 최준호는 차가운 기운이 몸속까지 파고드는 것을 느끼며 몸서리를 쳤다.

**

취침 시간이 되자 어김없이 기숙사 불이 꺼지기 시작했고, 희미한 취침기도가 들렸다. 마지막 기도 소리가 끝나고 난 뒤에도 최준호는 스탠드를 켜고 책상 앞에 앉아 있었다. 책상 위에는 박 수사로부터 받아온 자료들이 늘어져 있었다. 그 중 테이프 하나를 집어 들어 카세트에 넣고 버튼을 눌렀다. 이어폰을 통해 녹음된 김 신부와 영신의 목소리가 흘러나왔다.

"깼어?"

"잠을 잘 수가 없어요. 신부님. 이상한 소리들이 다 들려요."

"어떤 소리?"

"전부 다 들려요. 밖에 벌레들이 이야기하는 소리까지."

"감기 같은 거야. 영신아."

"아니에요. 신부님. 저도 대충 알아요. 뭔가 나쁜 게 제 안에 있는 거잖아요."

최준호는 무표정한 얼굴로 빨리 감기 버튼을 눌렀다. 이번에는 다급한 목소리가 들렸다.

"이거 좀 만져봐."

"저리 치우세요, 신부님! 제발요. 싫다고요!"

"가만 안 있어!"

"왜 자꾸 아무도 없을 때 오셔서 이러세요. 엄마 좀 불러주세요. 네? 저기요! 누구 없어요!"

최준호는 테이프에 녹음된 영신의 외침을 듣자 표정이 일그러졌다. 정확히 집을 수는 없었지만 어딘가 이상한 느낌이 스쳤다. 재빨리 다른 테이프로 바꾸어 넣고 다시 듣기 시작했다.

"오늘 너무 피곤한데 그만하면 안돼요? 죽을 것 같아요."

애원하는 영신의 목소리가 잡음과 함께 섞여 있었다. 그리고 화가 났는지 영신을 다그치듯 소리치는 김 신부의 목소리가 이어졌다.

"아가리 닥쳐!"

"자꾸 괴롭히면 창문으로 뛰어내릴 거야."

"지금 말하는 게 누구야."

"엘람 테게 케노드… 세데스 사보느… 신부님. 괜찮다니까 자꾸 그러세요. 누구 좀 불러주세요."

영신의 말에는 잡음이 섞여 알아들을 수 없는 부분들이 있었다. 속삭이듯 중얼거리면서도 재빠르게 내뱉는 기이한 목소리. 그것은 영신의 목소리와 미묘하게 어긋났지만 분명 영신의 말 속에 들리는 것이었다.

"elam tege cenod… sedes savon. 신부님. 괜찮다니까 그러세요. 누구 좀 불러주세요."

볼륨을 높이고 집중하던 최준호는 펜을 들어 빠르게 적어나갔다. elam tege cenod… sedes savon. 종이 위에 정신없이 손을 움직이는 순간에도 이어폰에서는 끊임없이 대화가 들렸다.

"근데 왜 자꾸 니 몸을 긁는 거야?"

"신부님이 저 만지셨잖아요. 전에 고향에서도 그러셨으면서. 서울까지 따라오셔서 저한테 왜 그러세요? 저 정말 신부님 좋아했는데. 근데… 아직 아빠한테 말 안 했어."

은밀하게 속삭이는 영신의 목소리를 듣는 순간 갑자기 방문 밖에서 이상한 소리가 들려왔다. 드륵 드륵. 누군가 문을 긁는 소리였다. 화들짝 놀란 최준호는 재빨리 카세트를 집어넣고 물었다.

"누구세요?"

문 밖에서는 아무 소리도 들리지 않았다. 깊은 밤에 기숙사 방을 찾아올만한 사람을 떠올리며 다시 물었다.

"재웅이야? 원감 신부님? 죄송합니다. 취침하겠습니다."

불을 끄려는 찰나 다시 문을 긁는 소리가 났다. 의문스러운 얼굴로 의자에서 몸을 일으켜 빠르게 문을 열어보았다. 놀랍게도 눈앞에는 박 수사 집에 묶여 있던 커다란 개가 으르렁거리며 서 있었다. 비를 맞았는지 흠뻑 젖은 털을 따라 바닥으로 빗물이 뚝뚝 흘러 내렸고 끊어진 쇠사슬은 질질 끌리고 있었다. 어두운 복도에 검은 형상처럼 서 있던 개는 최준호를 똑바로 노려보며 살기로 번뜩였다. 최준호는 겁에 질려 뒷걸음치면서 무기가 될 만한 것을 찾았다. 방 안으로 천천히 들어오던 개는 순식간에 최준호를 향해 달려들었다. 그 순간 최준호는 날카로운 송곳을 손에 쥐고 개를 향해 사정없이 휘둘렀다. 격렬한 몸싸움이 이어졌다. 개의 몸에 필사적으로 송곳을 찌르며 눈을 부릅떴다. 거칠게 숨을 몰아쉬면서도 피투성이 개가 힘을 잃고 완전히 늘어질 때까지 공격을 멈추지 않았다. 최준호의 얼굴은 개의 피로 뒤덮였고, 생명이 끊어진 개는 바닥 위에 모래자루처럼 힘없이 늘어졌다. 숨을 내쉬며 안도하는 순간, 개는 여동생의 주검으로 변했다. 너무 놀라 비명을 질렀다.

"으악!"

온몸이 땀으로 흠뻑 젖은 채 잠에서 깨어났다. 허겁지겁 얼굴을 더듬어보았지만 손에 붉은 피는 묻어나지 않았다. 책상 위에는 잠들기 전에 보고 있던 기괴한 그림과 사진들이 뒤엉켜 있었다. 꿈이었다는 것을 깨닫고 그제야 숨을 몰아쉬며 가슴을 진정시켰다. 그때 박 수사가 건넨 휴대폰에서 진동이 울렸다. 망설이다 전화를 받자 김 신부의 목소리가 들렸다.

"악몽을 꾸었나?"

"네."

"뭘 봤는데?"

"개를 죽였습니다."

"좋네. 니가 나 좀 도와줘야겠다."

김 신부는 제 말을 끝내고 바로 전화를 끊어버렸다. 창밖에는 비가 끊임없이 쏟아지고 있었다. 최준호는 방안에 드리운 그림자보다 더 어두워진 표정으로 눈을 감았다.

3
여러 명을 동시에 안는 것 같습니다

✝

　마리아 정신병원의 401호 병실에는 텔레비전이 켜져 있었다. 화면에는 크리스마스를 맞아 화려한 장식으로 꾸며진 명동 거리가 보였다. 들뜬 얼굴로 손을 잡고 걸어가는 연인들의 모습이 스쳐지나가고 부드러운 음악소리가 작게 흘러나왔다. 텔레비전에 등을 돌린 채 병실을 돌아보던 김범신 베드로 신부는 인상을 찌푸렸다. 벽에는 오랜 손길의 흔적이 남아있는 십자가가 걸려 있었고, 그 옆에는 낡은 신부복이 걸려 있었다. 그리고 천장에는 온화하게 웃고 있는 성모마리아 그림이 붙어 있었다. 김 신부는 환자가 누워있는 침대 옆에 자리를 잡고 앉아 통닭을 뜯기 시작했다.

　"닭이라면 환장하시던 양반이. 쯧쯧."

김 신부는 혀를 차면서도 손가락에 묻은 기름까지 핥아먹었다. 침대 위에 누워있는 정기범 신부의 시선은 벽에 걸린 텔레비전을 향하고 있었다. 그러나 얼굴은 나무토막처럼 아무런 표정이 없었다. 입에서 침이 주륵 흘러내렸다.

"먹지도 못할 걸 괜히 사왔네. 아그네스, 와서 좀 먹어."

김 신부가 닭을 뜯다말고 아그네스 수녀를 향해 말했다. 병실 문에 조촐한 크리스마스 장식을 걸던 수녀가 김 신부 옆으로 와 앉았다.

"쯧쯧. 고생이 많다."

"아니에요. 그나저나 신부님께서 잠을 잘 못 주무셔서 걱정이에요. 계속 악몽을 꾸시나 봐요. 밤중에 막 소리치셔서 달려오면 주변에 소금을 막 뿌리시고 그래요."

"업보지 뭐."

아그네스가 눈을 동그랗게 뜨고 김 신부를 쳐다보았다. 김 신부는 대수롭지 않은 표정으로 쩝쩝거리며 닭을 뜯었다. 그때 정 신부가 몸을 움찔거리며 신음소리를 냈다. 아그네스가 일어나 정 신부가 흘린 침을 수건으로 닦아주었다. 그리고 눈치를 보며 낡은 소주잔에 생수를 따라 정 신부 손에 쥐어 주었다.

"평생 술에 찌들어 사셔서… 이렇게 소주잔에 물을 따라 드려요. 그럼 겨우 좀 마시고…."

정 신부는 부들부들 떨리는 손을 뻗어 아그네스에게서 잔을 받아 들었다. 가까스로 소주잔을 입에 대었지만 반도 마시지 못한 채 쏟아버렸다. 아그네스가 재빨리 흘러내린 물을 닦아주며 김 신부에게 물었다.

"근데 신부님. 서울에는 웬일이세요? 무슨 일 있어요?"

"간만에 저 노인네랑 일하러 왔는데…."

김 신부는 말끝을 흐리며 착잡한 기분에 사로잡혔다. 낡은 병실에 떠돌던 목소리가 무겁게 가라앉았다.

**

눈발이 휘몰아치는 깊은 밤 서울 대교구 주교실에서는 불빛이 새나오고 있었다. 방 안에 모여 있는 성직자들은 심각한 표정으로 대화를 나누는 중이었다. 프란치스코회 수도원장이 소파에 털썩 앉으며 언성을 높였다.

"그 새끼 그거 기본적으로 말이 안 통하는 인간이에요. 내가 뭐 걔가 행실이 좀 안 좋고, 성격이 지랄 맞은 거 가지고 이러는 게 아니에요. 성직자로서 기본적인 개념이 없습니다."

가만히 이야기를 듣고 있던 주교가 손에 들고 있던 영문서를 책상 위에 내려놓으며 말했다.

"그 구마품 정기범 신부님이랑 같이 다니신다는 분이죠?"

"네. 그 노인네랑 같이 다니면서 아주 못된 것만 배워가지고. 아주 지 마음대로 하고 다니는 놈입니다. 제가 꼴도 보기 싫어서 대구로 보내버렸는데 언제 또 올라와가지고… 참나."

주교의 물음에 수도원장이 혀를 차며 대답했다. 수도원장은 말을 마치고도 분이 가시지 않는지 얼굴이 붉으락푸르락 달아올랐다. 그 사이 건물 앞에는 눈발을 헤치고 택시 한 대가 멈춰 섰다. 앞좌석 문을 열고 내리는 사람은 김 신부였다. 김 신부는 택시에서 내리자마자 담배에 불을 붙이고 숨을 들이마셨다. 담배 끝에 붉은 빛이 타오르면서 연기가 치솟았다. 한쪽 눈을 치켜뜨며 불만스러운 얼굴로 불이 환한 주교실을 올려다보다 담배를 끄고 대주교 안으로 들어섰다.

김 신부가 주교실 안으로 들어오자 성직자들은 노골적으로 불편한 기색을 내보였다. 김 신부가 어렵게 말문을 열었다.

"보통 지금 병원에 계시는 정기범 가브리엘 신부님이 예식을 집행하였고, 저는 보조사제로 참석했었습니다. 아시다시피 이 구마예식이라는 것이 요즘은 다들 터부시 여기는 것이고 결과 또한 명확한 것이 아니어서 제가 미리 자료를 제출하기에는…."

이야기를 듣고 있던 주교가 김 신부의 말을 끊었다.

"그래도 어떻게 상의 한 마디 없이 바로 협회에 허가서를 제출할 수 있습니까? 우리가 뭐가 되겠어요. 입장 참 곤란하게 만드시네요."

주교는 마땅찮은 표정으로 자리에서 일어섰다. 그리고 한숨을 내쉬며 창가로 걸어갔다. 주교는 어두운 허공에 휘몰아치는 눈발에 시선을 멈춘 채 시름에 잠겼다. 수도원장은 그런 주교의 기색을 살피며 김 신부에게 말했다.

"베드로 형제, 저한테라도 먼저 언지를 주셨어야죠. 이게 도대체 무슨 소립니까?"

"어허, 참. 아니… 제가 몇 번이나 말씀드렸잖아요. 원장님께서 지금 그런 게 문제가 아니라며 신경도 안 쓰셔놓…."

"야! 니가 헛소리 한 게 한두 번이야? 그리고 너! 이성적으로 생각 좀 해봐라. 21세기에 대한민국 가톨릭이 구마를 한다고 사람들이 알아봐!"

창밖을 보던 주교는 고개를 절레절레 흔들었다. 그렇게 불편한 침묵 속에 한숨소리만 간간히 들려왔다. 쇼파에 앉아 상황을 시켜보던 몬시뇰이 김 신부를 향해 물었다.

"마침 또 아는 사람이라면서요?"

"네. 저희 수도회 평신도였던 아이인데, 교통사고가 났다고 해서 병원을 찾았더니 부마증세가 보였습니다."

김 신부의 대답에 몬시뇰이 복잡한 표정으로 말했다.

"우연이라고 하기엔 좀 그러네요."

"신은 이런 식으로 기회를 주곤 하신답니다."

"근데 이거 꼭 해야 돼요? 그냥 뭐 기도 좀 해주고 간단하게 심리치료 해주면 되는 거 아닌가?"

"네. 일단 부마자와 접촉하여 진단한 다음 간단한 사령일 경우 몇 차례 약식으로 해결되는 게 대부분입니다."

둘의 대화를 듣고 있던 학장 신부가 끼어들었다.

"간단한 사령이 아닐 경우는요?"

성직자들의 시선이 학장 신부를 향했다. 김 신부는 섣불리 대답을 하지 못하고 머뭇거렸다. 머릿속에 여러 가지 생각들이 스쳐지나갔다. 뜸을 들이던 김 신부가 입을 열었다.

"우리나라에서 그럴 경우는 희박한데, 만약 그렇다면 분명 장미십자회에서 추적넘버를 매기고 쫓고 있는 12형상들 중 하나입니다."

김 신부의 대답이 터무니없다고 생각한 몬시뇰은 고개를 가볍게 흔들며 웃음을 지었다. 다른 성직자들도 믿을 수 없다는 표정이었다. 분위기를 살피던 김 신부가 포기한 얼굴로 한숨을 쉬며 말했다.

"네 압니다. 사람들은 있잖아요. 참, 이중적이에요. 성탄절 날은 아기예수를 기뻐하면서 이런 얘기만 나오면 이성이니 논리니 따지기만 하고, 심지어 성직자들도 어떻게 신앙생활을 하면서⋯."

김 신부가 노골적으로 속내를 드러내자 성직자들의 표정이 급격하게 굳어졌다. 수도원장이 화를 참지 못하고 소리쳤다.

"야! 지금 무슨 말 하는 거야! 주교님 앞에서!"

김 신부는 수도원장의 날카로운 시선에도 아랑곳하지 않고 도리어 눈을 부릅뜨며 물었다.

"한 아이가 고통 받고 있습니다. 그냥 모른 척 하실 겁니까!"

흔들림이 없는 눈빛이었다. 성직자들은 질린다는 얼굴로 주교의 눈치를 보며 말을 아꼈다. 등을 돌린 채 창밖을 보고 있던 주교가 시선을 거두며 말했다.

"설교 잘 들었고요. 아무튼 저는 반대합니다. 이런 거 요즘 사회에서 알게 되면 어떻게 되는지 알고 계시죠? SNS다, 유투브다, 조그만 이슈가 되어도 저희 가톨릭 이미지에 먹칠하게 되는 겁니다."

주교는 김 신부를 향해 걸음을 옮기며 단호한 목소리로 못을 박았다.

"그래서 저는 공식적으로 반대합니다. 아시죠? 공식적으로는⋯."

주교는 말을 마치자마자 그만 나가보겠다는 인사를 하고 방에서 나갔다. 성직자들은 곤란한 표정으로 눈빛을 교환했다. 비공식적으로는 찬성한다는 의미였다. 김 신부는 만족스러운 듯 미소를 지었다. 학장 신부가 다시 문서를 집어 들고 살펴보기 시작했다.

"그럼 허가서에 나온 대로 민간의사하고 보조사제 한 명만 있으면 되는 거네요. 미리 이야기가 되어 있는 분이 있으신가요?"

내용을 천천히 읽어 내려가던 학장 신부가 김 신부에게 물었다.

"네. 의사는 예식의 민간 증인이자 돌발 상황 때문에 있어야 하고, 이미 성북 가톨릭대학병원의 박현진 교수님과 얘기가 되어 있습니다. 그 보다도 구마예식의 복사직이자 시종인 보조사제는 말이 보조사제이지, 사실 예식은 두 명의 구마사가 같이 행하는 것이나 다름없습니다. 그러니 아주 중요하고 생각보다 요건도 까다롭습니다."

김 신부는 진지한 얼굴로 대답했다. 밤이 깊어지면서 바람이 점점 거세졌다. 닫힌 창문이 덜그럭거리며 위태롭게 흔들렸다. 유리창에 부딪친 눈들이 창틀 위에서 두껍게 쌓여가고 있었다.

**

주교에게 김신부에 대해 설명하는 수도원장.

C#1

FOLLOW

좌우로 부산스럽게 움직이며
얘기 하고 있는 프란치스코회 수도원장. K.S
Low Angle

수도원장 : 내가 뭐 가가 행실이 좀 안 좋고, 성격이
지랄 맞은 거 가지고 이러는 게 아니라.
성직자로서 기본적인 개념이 없습니다.

C#2

소파에 앉으며 말을 계속 하는 수도원장. M.S

C#3

가운데 책상에 앉아 있는 주교.
수도원장 옆에는 몬시뇰,
맞은편 소파에는 학장신부가 앉아있다. F.S

C#4

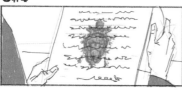

주교가 보고 있는 외국어로 된 문서. C.U

C#5

주교 : 그 구마품 정기범 신부님이랑 같이 다니신다는
분이죠?

C#6

주교 OS 수도원장, 몬시뇰. F.S

수도원장 : 네~ 그 노인네랑 같이 다니면서 아주 못된
것만 배워가지고... 다~ 지 마음대로 하는
놈입니다.

C#7

주교 B.S

주교 : 대구에 계셨다면서요?

C#8

주교 OS 수도원장, 몬시뇰. F.S

수도원장 : 제가 꼴도 보기 싫어서 작년에
고향으로 보내버렸는데...
언제 또 올라와가지고... 참나...

C#9

무언가 골똘히 생각하는 주교. B.S

C#1

휘몰아 치는 눈발 속에 들어오는 택시 한 대. LS

C#2

교구건물 앞에 멈춘다. LS
High Angle

C#3

앞좌석에서 내려 담배에 불을 붙이는 김신부. B.S

C#4

연기를 내뿜으며 불 켜진 주교실의 창문을 바라보는
김신부의 뒷모습. F.S
Low Angle

C#5

불만스럽게 올려다 보는 김신부. B.S

C#6

불 켜진 주교실의 창문.
Zoom In

김신부 : (V.O) 아시아에서는 크게 상해에서 한 번,
싱가포르에서 한 번 있었습니다.
협회자료에 따르면 후진국보다
선진국에서 자주 발견되는게 요즘
추세이며...

설득 끝에 주교에게 구마에 대한 허락을 얻어내는 김신부.

C#1

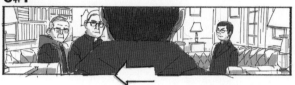

김신부 OS 학장신부, 주교, 몬시뇰, 수도원장
좌 Tracking

C#2

김신부 측면 B.S

김신부 : 보통 지금 병원에 계시는 정기범 가브리엘
신부님이 예식을 집행하였고,
저는 보조사제로 참석했습니다.

C#3

F.S
불편한 침묵이 가득한 주교실 안.
말없이 한숨만 쉬고 있는 성직자들.

김신부 : 아시다시피 이 구마예식이라는 것이
요즘은 다들 터부시 여기는 것이고
결과 또한 명확한 것이 아니어서...
제가 미리 자료를 제출하기에는...

C#4

주교 : (말을 끊으며) 그래도 어떻게 상의 한 마디 없이
바로 로마에 허가서를 제출할 수 있습니까?
우리가 뭐가 되겠어요.
쯧... 입장 참 곤란하게 만드시네요.

일어서는 주교.

C#5

일어나 한숨을 쉬며 창밖을 보는 주교 OS 성직자들.
우 Tracking

서울대교구 주교실

설득 끝에 주교에게 구마에 대한 허락을 얻어내는 김신부.

C#6

김신부 OS 수도원장 B.S

수도원장 : 베드로 형제. 저한테라도 먼저 언지를 주셔야죠. 이게 도대체 무슨 소립니까?

C#7

수도원장 OS 김신부 B.S

김신부 : (답답하게) 어허... 참. 아니... 제가 몇 번이나 말씀드렸잖아요. 원장님께서 지금 그런 게 문제가 아니라며 신경도 안 쓰셨...

C#8

김신부 OS 수도원장 B.S

수도원장 : (버럭) 야! 니가 헛소리 한 게 한두 번이야! 그리고 너! 이성적으로 생각 좀 해봐라. 21세기에 대한민국 가톨릭이 구마를 한다고 사람들이 알아봐..

C#9

주교 측면 C.U
창밖을 보던 주교는 고개를 절레절레 흔든다.

C#10

F.S
불편한 침묵 속에 간간히 들리는 한숨소리.

서울대교구 주교실
설득 끝에 주교에게 구마에 대한 허락을 얻어내는 김신부.

C#11

몬시뇰 B.S

몬시뇰 : 마침 또 아는 사람이라면서요?

C#12

몬시뇰 OS 김신부 M.S

김신부 : 네. 서울에 있을 때 절 잘 따르던 평신도 아이인데... 갑자기 교통사고가 났다고 해서 병원을 찾았더니... 부마증세가 보였습니다.

C#13

몬시뇰 B.S

몬시뇰 : 참... 우연이라고 하기엔 좀 그러네요. 구마사제님...

C#14

몬시뇰 OS 김신부 M.S

김신부 : ...... 신은 이런 식으로 기회를 주곤 하신답니다.

C#15

M.S

몬시뇰 : 근데... 이거 꼭 해야 돼요?

수도원장 : 어허...!

몬시뇰 : 그냥 뭐 기도 좀 해주고.. 간단하게 심리치료 해주면 되는 거 아닌가?

C#16

김신부 측면 C.U

김신부 : 네. 구마의 기본은 진단입니다. 일단 부마자와 접촉하여 진단한 다음 간단한 사령일 경우 몇 차례 약식으로 해결되는 게 대부분입니다.

C#17

학장신부 B.S

학장신부 : 간단한 사령이 아닐 경우는요?

C#18

학장신부 OS 수도원장, 몬시뇰 B.S

침묵을 깨고 처음 말을 꺼낸 학장신부를 쳐다보는 성직자들.

C#19

대답 없이 서 있는 주교. 측면 C.U

C#20

F.S

김신부 : 우리나라에서 그럴 경우는 희박한데...

설득 끝에 주교에게 구마에 대한 허락을 얻어내는 김신부.

C#21

김신부 B.S
측면에서 정면으로 전환.

김신부 : 그렇다면 분명 장미십자회에서 추적넘버를
매겨 쫓고 있는 12형상들 중 하나입니다.

C#22

F.S

성직자들 : ......

C#23

김신부 B.S Track In

김신부 : 요즘 세상에도 이런 존재들과의 전쟁은 유효
합니다. 최선진 12개국의 누군가에게 숨어
정치, 사회, 경제적으로 인간 역사에 오류와
분열을 조장하는 마치 폭탄 같은 존재들이고...
이미 동아시아에도 몇 차례...

C#24

고개를 숙인 채 웃고 있는 몬시뇰과
머리를 감싸고 있는 수도원장.

좌 Tracking – 좌 Pan

김신부 : (포기한 듯) 네... 압니다. 알아요. 흡...
(한숨) 사람들은 있잖아요. 참~ 이중적이에요.
성탄절 날은 아기예수를 기뻐하면서 이런
얘기만 나오면 이성이니 논리니 따지기만
하고, 심지어 성직자들도 어떻게 신앙생활을
하면서...

C#25

주교 OS 김신부, 성직자들. F.S
High Angle

표정이 굳어지는 성직자들. Focus 이동.

C#26

수도원장 B.S

수도원장 : 지금 무슨 말 하는 거야! 주교님 앞에서!

C#27

F.S

김신부 : (한숨) 아무튼 뭐가 그렇게 겁나시는지 모르겠는데... 지금 한 아이가 고통 받고 있습니다. 그냥 모른 척 하실 겁니까!

C#28

무엇인가 생각하는 주교의 뒷모습. M.S

C#29

주교의 눈치를 보고 있는 성직자들. F.S

C#30

계속 가만히 서 있는 주교. M.S

C#31

주교의 대답을 기다리는 김신부. B.S

C#32

뒤돌아 말을 하는 주교. M.S

주교 : 설교 잘 들었고요. 아무튼 저는 반대합니다.

C#33

주교를 바라보는 김신부와 성직자들. F.S

C#34

주교 M.S

주교 : 이런 거 요즘 사회에서 알게 되면 어떻게 되는지 알고 계시죠? SNS다... 유튜브다... 조금만 이슈가 되어도 저희 가톨릭 이미지에 먹칠하게 되는 겁니다.

C#35

김신부 B.S

김신부 : ...

C#36

주교 B.S

주교 : (원본 문서를 찢은 후) 그래서 저는 공식적으로 이거 반대합니다.

C#37

학장신부 B.S

주교를 쳐다보는 학장신부.

C#38

주교의 손 C.U

주교 : (책상을 두드리며) 공.식.적으로 반대한다고요.

설득 끝에 주교에게 구마에 대한 허락을 얻어내는 김신부.

C#39

주교 B.S

주교 : 저는 그만 나가 보겠습니다.
　　　회의들 하시다가 가세요.

C#40

주교 OS 김신부와 성직자들 F.S

자리를 피해 방에서 나가는 주교.
Track In

수도원장 : 참나...

C#41

김신부 OS 학장신부 M.S

학장신부 : (문서를 보며) 그럼 허가서에 나온 대로
　　　　　민간의사하고 보조사제 한 명만 있으면
　　　　　되는 거네요. 미리 얘기가 되어 있는 분이
　　　　　있으신지...

C#42

학장신부 OS 김신부 M.S

반짝이는 눈으로 구마예식의 필요사항을 이야기하는 김신부.

김신부 : 네. 의사는 예식의 민간 증인이자 돌발 상황 때문에 있어야 하고, 이미 성북 가톨릭대학 병원의 박현진 교수님과 얘기가 되어 있습니다.

C#43

김신부 OS 수도원장, 몬시뇰 M.S

C#44

김신부 B.S
Zoom In

김신부 : 그보다도 구마예식의 복사직이자 시종인 보조사제는 말이 보조사제이지, 사실 예식은 두 명의 구마사가 같이 행하는 것이나 다름 없습니다. 그러니 아주 중요하고 생각보다 요건도 까다롭습니다.

C#45 / 4-1 주교실 밖 (N/L)

주교실 창문 밖에 하얀 눈이 소복소복 쌓인다.
Zoom Out

6개월 후, 서울 외곽의 여관방에는 정오가 지나도록 커튼이 드리워져 있었다. 빛이 차단된 어두운 방에는 낡고 더러운 가구가 좁은 공간을 차지하고 있었다. 바닥에는 빈 술병들이 나뒹굴었고 천장에는 낡은 성모마리아 성화가 붙어 있었다. 성모마리아의 미소는 누런 얼룩이 퍼져있는 벽지와 어우러져 왠지 모를 슬픔을 자아냈다.

김 신부는 화장실에서 이를 닦으며 거울에 비친 모습을 바라보았다. 거울 속에는 깊은 주름과 거뭇한 수염이 딱딱하게 굳은 표정과 어우러져 서늘한 인상을 풍기는 사내가 있었다. 러닝을 입고 있는 사내의 몸은 곰팡이처럼 번져있는 검은 반점들로 가득했다. 반년 전 자신감이 넘치는 얼굴로 주교실을 나서던 사내와는 완전히 달라진 모습이었다. 김 신부는 기분이 상한 듯 고개를 돌렸다.

화장실에서 나와 조심스럽게 창가로 다가갔다. 커튼 사이의 작은 틈새를 통해 창밖의 풍경을 살피기 위해서였다. 여관 주변에 밀집한 낡은 건물들 사이로 전깃줄 위에 앉아있는 까마귀 한 마리가 눈에 들어왔다. 까마귀는 검은 날개를 퍼덕거리면서도 자리를 떠나지 않았다. 날카롭게 부리를 세우는 검은 덩어리는 빛이 환한 대낮의 서울과 전혀 어울리지 않는 기묘한 풍경이었다. 김 신부는 눈을 가늘게 치켜뜨며 입술을 깨물었다. 그 때 구석에 놓인 테이블 위에서 요란한 진동이 울렸다. 전화가 들어오는 휴대폰을 힐끗 쳐다보고는 다른 곳으로 시선을 돌렸다. 테이블 위에는 사진과 편지들이 놓여 있었다. 김 신부는 성가대 옷을 입고 있는 사진속의 영신을 들여다보며 오랜 기억을 떠올렸다.

김 신부가 기억하는 영신은 그늘이 없는 소녀였다. 노래할 때가 제일 좋다고 말하며 티 없는 웃음을 짓던 소녀. 햇볕처럼 따뜻하고 환한 영신의 얼굴이 눈앞에 생생할수록 숨이 턱턱 막히는 기분이 들었다. 장미가 새겨진 붉은 묵주를 집어 들고 만지작거리며 한참을 생각에 잠겼다. 그리고 결심을 내린 듯 단호한 얼굴로 영신의 사진을 죽죽 찢어버렸다. 행복한 얼굴로 웃고 있는 영신의 모습이 조각조각 흩어져 허공으로 떨어졌다.

누군가 다급하게 김 신부의 방문을 두드렸다. 김 신부는 자신을 부르는 목소리를 듣고 찾아온 사람이 아그네스라는 것을 알았다.

"김 신부님! 안에 계시는 거 알아요. 급한 일이 있어서 왔어요."

아그네스는 거칠게 숨을 몰아쉬면서도 목소리를 높였다. 김 신부는 무표정한 얼굴로 문을 열지 않은 채 대답했다.

"급한 일이고 자시고 오늘은 안 돼. 까마귀가 보고 있어."

아그네스는 어리둥절한 표정을 짓다가 문 가까이 얼굴을 가져갔다.

"무슨 말이에요. 병원에 좀 가보셔야 해요. 신부님."

"왜? 노인네가 죽기라도 했냐? 미안한데 장례 좀 잘 치러줘. 고생 많이 하신 분이다. 다 사정이 있어서 그러니깐 니가 좀 이해해라. 너무 냉정하다고 그러…."

"그게 아니구요! 정 신부님이 지금 막 깨어나셨어요!"

아그네스가 다급한 목소리로 김 신부의 말을 자르며 소리쳤다. 놀란 김 신부는 방에서 나와 병원을 향해 출발했다. 달리는 택시 안에서 아그네스는 김 신부에게 상황을 설명했다.

"갑자기 정신이 돌아오신 거예요. 그러시더니 김 신부님을 찾으시더라구요."

"다행이네. 물어볼 게 많았는데."

"그런데 우선 몸부터 씻기셔야 할 듯해요. 냄새가 너무 나셔서…."

아그네스의 말에 김 신부의 얼굴이 굳어졌다. 뇌리에 불길한 예감이 스쳤다. 김 신부는 목을 가다듬고 아그네스를 향해 물었다.

"뭐라고? 무슨 냄새?"

"의식을 찾으시면서 갑자기 무슨 썩은 내가 심하게 나세요. 아무도 못 들어갈 정도에요. 뭐, 아무튼 하느님께서는 참 은혜로우시죠. 이렇게 임종을 앞두고 사랑하는 사람을 만날 시간을 주시다니."

아그네스는 입가에 미소를 지으며 손을 들어 자신의 가슴에 성호를 그었다. 아그네스의 손은 부드럽게 움직였고 목소리는 따뜻했지만, 김 신부는 입 안에 씁쓸한 기운을 느꼈다.

"그러게. 참 고마우신 분이네."

둘이 정 신부의 병실 앞에 도착했을 때 마침 다른 수녀들이 인상을 일그러뜨리고 고개를 저으며 나오고 있었다. 수녀들은 마스크를 쓰고 오물로 뒤범벅이 된 수건을 들고 있었다. 병실 밖까지 악취가 흘러나왔다. 김 신부는 혼자 병실 안으로 들어갔다.

병실은 이전과 달리 휑한 느낌이 들었다. 김 신부가 의심스러운 얼굴로 이곳저곳을 살펴보니 천장에 붙어있던 성모마리아 성화가 보이지 않았고 십자가는 구석에 처박혀 있었다. 정 신부는 휠체어에 앉아 등을 돌린 채 요란스럽게 닭을 뜯어먹고 있었다. 김 신부가 다가가자 정 신부는 반가운 기색을 띄우며 말을 건넸다.

"범신아. 우리 범신이가 왔구나. 이제 너를 보니 내가 살 것 같구나. 니가 얼마나 보고 싶었는지 아니?"

김 신부는 천천히 정 신부의 모습을 훑어보았다. 앙상한 뼈가 드러난 깡마른 몸은 시체를 연상시켰다. 그리고 죽음을 가리키는 시계와 다를 바 없다는 검버섯이 정 신부의 얼굴에 가득했다. 눈앞에 있는 노인의 모습에서는 오랜 시간을 함께 했던 정 신부의 모습을 찾을 수 없었다. 김 신부는 자신의 불길한 예감에 확신이 들었다. 병실에는 죽음을 앞둔 노인의 것이라고 생각할 수 없는 사악한 기운이 가득했다.

"바빠 보이는구나. 어디 가는 길이냐?"

"다 알면서 왜 그러세요."

김 신부는 대답을 하면서 병실 밖을 살폈다. 까마귀 한 마리가 날아와 병원 건물에 앉는 것이 보였다. 이어 다른 까마귀도 날아오는 것을 보고 김 신부는 병실 문을 걸어 잠갔다. 그리고 휠체어에 앉아 있는 정 신부를 안아 들었다.

"신부님. 침대에 좀 누우셔야겠어요."

"그래. 많이 무겁지?"

"좀 무겁네요. 여러 명을 동시에 안는 것 같습니다."

김 신부는 입술을 질끈 깨물며 두 팔에 힘을 주었다. 끙, 하는 신음소리와 함께 정 신부를 침대 위에 올려두고, 김 신부는 주머니에서 작은 가죽 케이스를 꺼냈다. 케이스 안에는 작은 성

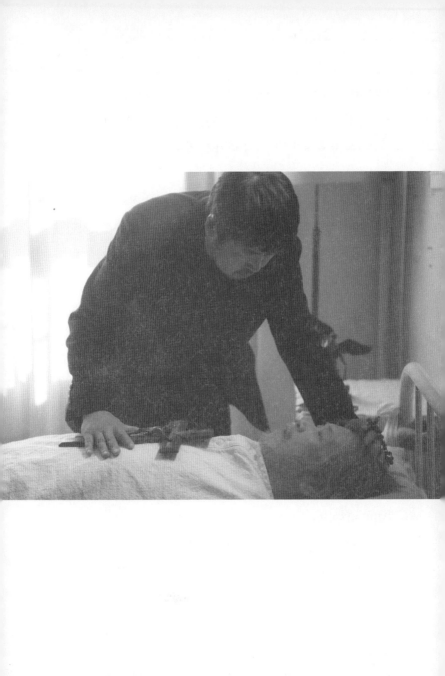

수통과 붉은 묵주, 그리고 십자가가 들어 있었다. 침대 위에 누운 정 신부는 어딘가 홀린 듯이 환한 표정을 지으며 말했다.

"어제 꿈에 내가 천국에 갔다가 온 것 같구나."

"그냥 거기 계시지 왜 오셨어요."

"거기서 커다랗고 새 하얀 거미가 나한테 천천히 걸어오더라. 그 거미가 나한테 다가오는데… 어쩌나 냄새가 향긋하던지. 마치 그게 천국의 향기 같더구나."

"그래서요?"

김 신부는 건성으로 말을 내뱉으며 정 신부의 바지를 걷었다. 정 신부의 다리에는 거미에게 물린 흉터가 선명하게 남아 있었다.

"그래서 가만히 있으니까, 그 거미가 내 다리를 꽉 무는 게 아니겠냐. 근데 하나도 안 아프고 오히려 정신이 맑아지는 거야. 그리고 갑자기 니가 생각나는 게 아니냐. 허허."

정 신부가 털털하게 웃으며 부드러운 눈길로 김 신부를 바라보았다. 정 신부와 눈이 마주치자 김 신부는 한쪽 입꼬리를 올리며 비꼬았다.

"옛날엔 그렇게 구박만 하시더니."

"섭섭하게 그게 무슨 말이냐. 범신아, 내가 널 얼마나 아끼는데."

김 신부는 정 신부의 말에 아랑곳하지 않고 성수를 손가락에 찍었다. 그리고 정 신부의 발목과 손목에 십자가 형상을 그었다. 그러자 정 신부가 갑자기 손을 뻗어 김 신부의 손목을 꽉 잡았다. 정 신부의 손에서 건장한 사내 같은 힘이 흘러나왔다.

"오늘 나하고 같이 있어주면 안되냐. 내가 얼마 안 남은 것 같구나."

"저 바쁜 거 아시잖아요. 이거 놓으세요."

"오늘 하루만… 응? 니 스승의 마지막 부탁을 거절하는 거냐?"

김 신부를 향해 애걸하는 정 신부의 얼굴에는 기묘한 표정이 섞여 있었다. 김 신부가 냉정하게 부탁을 거절하자 정 신부는 손목을 더 세게 움켜쥐었다. 김 신부가 손을 힘껏 뿌리치며 소리쳤다.

"이거 안 놔! 사령 주제에 어디 거사를 막을라고 그래!"

김 신부의 목소리가 병실 안에 쩌렁쩌렁 울려 퍼졌다. 거칠지만 강하고 단단한 소리였다.

C#1

성모마리아 성화와 십자가가 보이지 않는다.
깨끗해진 병실 안.
Tilt Down

C#2

김신부 B.S
내부를 둘러보고 정신부를 바라보는 김신부.

C#3

휠체어에 앉아 등을 돌리고 닭을 먹고 있는
정신부의 뒷모습. F.S

C#4

정신부 B.S – Pan - 정신부 OS 김신부 K.S
거의 뼈만 앙상하게 남아있고
얼굴에는 검버섯이 가득한 정신부.

김신부 : ...

C#5

정신부 M.S
Track In
김신부를 돌아보는 정신부.

정신부 : 우리... 범신이가 왔구나.
　　　　니가 얼마나 보고 싶었는지 아니?

C#6

김신부 M.S
Low Angle
김신부 다가온다.

김신부 : ......

C#7

정신부 M.S
Track In

정신부 : 무슨 일이 있는 거냐... 얼굴이 많이 상했구나...

C#8

김신부 B.S
Low Angle

김신부 : 다 알면서 왜 그러세요.

김신부 Frame Out

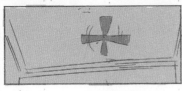

C#1 / 49-1 마리아 정신병원 복도 (D/O)

김신부 B.S
복도를 살피고 문을 닫는 김신부.

C#2

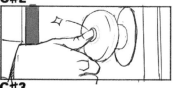

문을 잠그는 김신부. C.U

C#3

김신부 Frame In
휠체어에 앉아 있는 정신부를 침대로 들어 옮긴다.

김신부 : 신부님. 침대에 좀 누우셔야겠어요.

정신부 : 그래... 많이 무겁제?

김신부 : 좀 무겁네요.
　　　　여러 명을 동시에 안는 것 같습니다.

C#4

F.S
정신부를 침대에 눕히고 창문으로 향하는 김신부.

C#5 / 49-2 정신병원 건너편 (D/L)

까마귀 한 마리가 날아와 앉는다.
옆에 같이 보이는 다른 까마귀 한 마리.

커튼을 친다.

C#6

F.S
침대에 걸터앉는 김신부.

C#7

작은 가죽 케이스를 꺼내 연다.
안에 꼽혀 있는 작은 성유통과 작은 십자가. C.U

C#8

정신부 B.S

정신부 : 어제 꿈에 내가 천국에 갔다가 온 것 같구나... 범신아...

김신부 : 그냥 거기 계시지 왜 오셨어요... 참...

C#9

김신부 B.S

정신부 : 글쎄... 거기서 커다랗고 새 하얀 거미가 나한테 천천히 걸어오더라고.

김신부 : 아~~ 거미요...

C#10

정신부 B.S

정신부 : 근데... 그 거미가 나한테 다가오는데... 하... 어찌나 냄새가 향긋하던지... 마치 그게 천국의 향기 같더구나.

김신부 : 그래서요.

C#11

김신부 B.S

정신부 : 그래서... 가만히 있으니까, 그 거미가 내 다리를 꽉 무는 게 아니겠나.

김신부 : 어이쿠... 아프셨겠네요.

C#12

정신부의 다리 C.U
김신부가 정신부의 바지를 걷자
다리에 거미에게 물린 흉터가 보인다.

좌 Pan

성유통의 뚜껑을 여는 김신부의 손. C.U

C#13

정신부 B.S

정신부 : 근데... 하나도 안 아프고 오히려 정신이
맑아지는 게야... 그리고 갑자기 니가 생각나는
게 아니냐... 참... 허허.

C#14

김신부 B.S

김신부 : 옛날엔 그렇게 구박만 하시더니... 참...

C#15

정신부의 발목에 십자를 그으며
성유를 바르는 김신부의 손. C.U

C#16

정신부 B.S

정신부 : 섭섭하게 그게 무슨 말이냐... 범신아.
내가 널 얼마나 아끼는데...

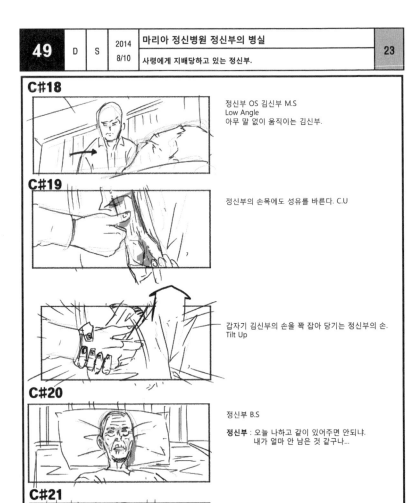

C#18

정신부 OS 김신부 M.S
Low Angle
아무 말 없이 움직이는 김신부.

C#19

정신부의 손목에도 성유를 바른다. C.U

갑자기 김신부의 손을 꽉 잡아 당기는 정신부의 손.
Tilt Up

C#20

정신부 B.S

정신부 : 오늘 나하고 같이 있어주면 안되냐.
　　　　　내가 얼마 안 남은 것 같구나...

C#21

정신부 OS 김신부 M.S

김신부 : 저 바쁜 거 아시잖아요. 이거 놓으세요..

C#22

정신부 B.S

정신부 : 어디를 가는데... 응?
니 스승의 마지막 부탁을 거절하는 거냐?

C#23

김신부의 손목을 더 세게 잡는 정신부. C.U

Tilt Up

김신부 : 이거 안 놔! 사령 주제에 어디 거사를
막을라고 그래!

4

인간의 빛나는 이성과 지성으로

✝

주임은 기숙사 호수를 확인하고 안경을 밀어 올렸다. 그리고 손을 들어 거칠게 문을 두드렸다. 방문이 열리고 최준호가 수척해진 얼굴을 드러냈다. 박 수사를 만나고 온 지 7일이 지난 후였다. 주임은 못마땅한 얼굴로 쏘아보며 김 신부에게 전화가 왔다는 이야기를 전했다.

최준호는 사무실까지 단숨에 달려가 수화기를 집어 들었다. 왜 연락이 되지 않느냐며 짜증을 내는 김 신부에게 최준호는 학교에서는 핸드폰 사용이 어렵다는 이야기를 늘어놓았다. 뒤에서 자신을 지켜보는 주임의 서늘한 눈빛이 느껴졌다. 최준호는 목소리를 낮추며 벽에 걸린 달력을 바라보았다. 오늘이 바로 김 신부가 말하던 중원절이었다. 우란분재라 불리기도 한다는 날. 불교와 무속에도 나올 뿐 아니라 심지어 앗시리아 문서에도 똑같이 나와 있는 날이라고 했다.

"8월 10일. 음력으로 7월 15일 맞습니다. 준비는 다 해놓았습니다."

대답을 하며 수화기를 얼굴과 어깨 사이에 고정시켰다. 그리고 볼펜을 들어 손바닥에 글씨를 적기 시작했다. 명동대교구 택배. 작은형제회 돼지. 7시 로데오 입구. 최준호는 읊조리듯 들려오는 김 신부의 목소리를 들으며 긴장감이 밀려오는 것을 느꼈다.

서둘러 기숙사 방으로 돌아왔다. 며칠 사이 방 곳곳에는 사진과 책들이 쌓여 있었고, 구마예식 절차들이 순서대로 벽에 붙어 있었다. 최준호는 예식을 위해 미리 준비해 두었던 물건들을 꼼꼼히 확인하며 가방 속에 챙겨 넣었다. 준비를 모두 마치고 방을 나서는 눈빛에는 비장함이 감돌았다.

"영광스러운 하느님의 어머니시며 영원하신 동정녀 마리아와 빛을 발하는 대천사들과 모든 성인들의 이름으로…."

건물 뒤편에 있는 작은 성모마리아 상 앞에서 잠시 걸음을 멈춘 최준호는 성호를 그었다. 교정에는 합창단의 노랫소리가 울려 퍼졌다.

도로에는 차들이 쉴 새 없이 지나가고 있었다. 고속으로 달

리는 차량들은 무더운 여름 날씨에 뜨거운 열기를 더했다. 반팔 사제복을 입고 큰 백팩을 맨 최준호는 이마에 흘러내리는 땀을 닦으며 걷고 있었다. 그때 최준호 옆으로 검은색 세단이 멈춰 섰다. 창문이 스르륵 내려가자 학장 신부의 얼굴이 보였다.

"지하철역까지 태워줄게."

최준호는 냉큼 보조석에 올라탔다. 부드럽게 핸들을 돌리는 학장 신부는 테니스 복을 입고 운동을 가는 모양이었다. 도로를 달리기 시작하자 학장 신부가 말문을 열었다.

"일찍 출발하네?"

"네. 대교구하고 수도원에서 뭐 좀 받아오라고 해서요."

"사람 참… 별걸 다 시키네."

"그게, 제 1구마사는 노출되어 있어서 위험하고, 보통 준비는 노출되지 않은 보조 사제가 하는 겁니다."

학장 신부는 최준호의 대답에 작게 웃음을 터뜨리며 말했다.

"내가 알던 최준호 맞아? 아주 딴사람이 됐네. 오늘 김 신부는 처음 만나지?"

"네, 통화만 몇 번 했습니다."

"좀 긴장한 얼굴인데?"

"별거 있겠습니까? 그래도 궁금은 하네요."

머쓱해진 최준호는 어설픈 웃음을 지어보이며 대답했다. 잠시 말이 없던 학장 신부는 교황님의 취임사 마지막 말씀이 기억나는지 물었다. 최준호는 고개를 갸우뚱거리며 기억을 더듬었다. 그러자 학장 신부가 책을 읽듯 명확한 목소리로 말했다.

"Con splendente motivo e intelligenza de umano."(인간의 빛나는 이성과 지성으로.)

최준호는 학장 신부의 말을 따라하며 의미를 떠올렸다. 학장 신부가 가볍게 고개를 끄덕였다.

"알다시피 가톨릭은 아주 이성적이고 대중적인 종교야. 지금까지 미신과 불합리와 싸우면서 겨우 이렇게 현대적인 이미지를 만들었어."

"네, 알고 있습니다."

"내가 널 공식적으로 보내 준 게 아니야. 알지? 그리고 김 신부를 도와주라고 보내 주는 것도 아니고."

놀란 최준호가 눈을 동그랗게 뜨고 학장 신부를 바라보았다. 학장 신부는 어느새 무거워진 표정으로 김 신부에 대한 이야기를 덧붙였다. 그것은 코마 상태가 된 아이의 부모가 김 신부를 고소했다가 합의했다는 내용이었다. 김 신부가 애한테 몹쓸 짓을 했을지도 모른다는 뜻이었다. 최준호는 뭐라고 대답을 해야 할지 알 수 없었다. 그때 학장 신부가 작은 캠코더를 건네며 말했다.

"몰래 좀 찍어와. 도대체 무슨 짓을 하고 있는지 주교님도 확인하셔야 될 일이야."

얼떨결에 캠코더를 받아든 최준호의 얼굴이 굳어졌다.

"이제 그만 말려야 될 사람이야."

차에서 내린 최준호는 지하철 계단을 내려가며 학장 신부의 말을 곱씹었다. 학장 신부는 김 신부를 의심하고 있는 것이 분명했다. 그러나 자신은 무엇이 진실인지 도무지 알 수가 없었다. 진실을 들여다보기에는 너무 많은 것들이 뒤엉켜 있었다. 최준호는 하나둘 늘어나는 의문들을 떠올리며 더 깊은 지하로 발걸음을 옮겼다.

**

명동거리에는 많은 사람들이 물결을 이루며 지나가고 있었다. 최준호는 인파 사이를 헤치고 멀리 보이는 명동 성당을 향해 걸었다. 하늘 높이 솟아있는 명동성당에는 김 신부가 오늘 반드시 받아와야 한다는 물건이 있었다. 그것은 이탈리아 아시시에서 온 것이고 토마스 몬시뇰이 가지고 있다고 했다.

커다란 문을 밀고 대강당 안으로 들어갔다. 유리를 통해 쏟아져 들어온 햇빛과 거대한 성모마리아상이 한 눈에 들어오자 마

성모상 앞에서 기도하는 최부제.

C#1

합창소리가 들리는 대성당 건물의 뒤 창문.
High Angle

최부제 쪽으로 Moving
F.S
High Angle
카메라 천천히 내려오면
건물 뒤편의 소박한 성모마리아상.

성모마리아상 쪽으로 moving

최부제 : (V.O) ...... 천주의 성모 마리아님 이제와
저희 죽을 때에 저희 죄인을 위하여
빌어주소서...

반팔 사제복을 입고 큰 백팩을 멘 채 성모상 앞에서
기도를 하는 최부제. 가슴팍에 성호를 긋는다.

C#1

무더운 여름의 도시 열로 가득한 시끄러운 도로.

C#2

C#3

L.S
반대편 차도에서 Boom Up
가톨릭대학교 정문을 나와 걸어가는 최부제.

최부제 F.S
급한 걸음으로 학교에서 내려와 지하철 쪽으로
걸어가는 최부제. 그때 뒤에서 들리는 자동차 크락션.
빵빵! Pan

C#4

C#5

내려가는 창문.
돌아보는 최부제 M.S

지하철로 향하는 최부제 앞에 서는 학장신부의 세단.

C#6

보조석 창문이 열린다.
학장신부 M.S

학장신부 : 타. 지하철역까지 태워줄게.

C#7

F.S
학장신부의 차를 타는 최부제.
차 이동.

C#1

차 외부에서 M.S
테니스 복을 입은 학장신부.

학장신부 : 조금만 늦었으면 못 만날 뻔 했다야...
일찍 출발하네?

C#2

최부제 B.S

최부제 : 네. 대교구하고 수도원에서 뭐 좀 받아오라고
해서요.

C#3

학장신부 B.S

학장신부 : 사람 참... 별거를 다 시키네..

C#4

학장신부 OS 최부제 B.S

최부제 : 그게... 제 1구마사는 노출되어 있어서
위험하고, 보통 준비는 노출되지 않은
보조사제가 하는 겁니다.

C#5

최부제 OS 학장신부 B.S

학장신부 : 히히... (웃음) 준비 많이 했나봐...
오늘 김신부는 처음 만나지?

최부제 : 네... 몇 번 통화만 했습니다.

C#6

학장신부 OS 최부제 B.S
Focus 이동

학장신부 : 좀 긴장한 표정인데?

C#7

최부제 C.U

최부제 : 네? (머쓱하게) 별거 있겠습니까?
그래도... 궁금은 하네요.

C#8

최부제 OS 학장신부 B.S

학장신부 : 궁금하다...... 최부제, 이번 교황님께서
취임사 마지막에 하신 말씀 혹시 기억하나?

C#9

학장신부 OS 최부제 B.S
Focus 이동

최부제 : ... 음... 그게... 뭐더라...

학장신부 : Con l'istinto e l'intelligenza brillante
dell'uomo...

최부제 : 인간의 빛나는 이성과 지성으로...

C#10

M.S

학장신부 : 알다시피 가톨릭은 아주 이성적이고
대중적인 종교야. 지금까지 미신과
불합리와 싸우면서 겨우 이렇게 현대적인
이미지를 만들었어.

최부제 : 네. 알고 있습니다.

33	D	S	2014 8/10	차 안	17
				최부제에게 김신부를 감시하는 역할을 맡기는 학장신부.	

C#11

학장신부 B.S

학장신부는 비상등을 켜고
지하철 입구 옆에 차를 세운다.

학장신부 : 니가 굳이 가보겠다니까 보내는 주는데...
공식적으로 보내주는 건 아니야. 알지?

C#12

최부제 B.S

최부제 : 네.

C#13

학장신부 B.S

학장신부 : 그리고 김신부를 도와주라고 보내 주는
것도 아니고...

C#14

최부제 B.S

최부제 : ...!

놀란 표정으로 최부제는 학장을 쳐다본다.

C#15 / 33-1 지하철역 앞 도로 (D/L)

\<cut to\>

차에서 내리는 최부제의 발.
Tracking

C#16 / 33-1 지하철역 앞 도로 (D/L)

F.S
최부제를 내려주고 출발하는 학장의 자동차.
Frame Out

C#17 / 33-1 지하철역 앞 도로 (D/L)

최부제 B.S
의미심장한 최부제의 얼굴.

음이 편안해지는 기분이었다. 고개를 빼고 둘러보니 앞쪽에 여러 명의 신부와 수녀들이 줄지어 앉아 있었다. 가까이 가보니 그들은 3D 안경을 쓰고 최신 텔레비전을 시청하는 중이었다. 이제 막 텔레비전 설치를 마친 직원이 열심히 설명을 하고 있었다. 최준호는 3D 안경을 쓰고 있는 사람들을 천천히 살펴보다가 몸집이 큰 남자를 발견했다. 얼굴을 들이밀고 인기척을 내자 토마스 몬시뇰이 3D 안경을 낀 채로 최준호를 쳐다보았다.

"안녕하십니까. 저 가톨릭대학교 7학년 최준호 부제입니다. 김 신부님이 부탁하신 물건 받으러 왔습니다."

"김 신부요?"

"네, 김범신 베드로 신부님이요."

몬시뇰은 무슨 일인지 알겠다는 표정으로 고개를 끄덕이며 손을 내밀었다. 최준호는 무릎을 꿇고 그의 손에 가볍게 입을 맞추었다.

둘은 대성당을 빠져나와 사무실로 걸어갔다. 택배는 아직 도착하지 않은 모양이었다. 몬시뇰이 어딘가로 전화를 걸어 짜증스러운 목소리로 다그쳤다.

"아니, 택배 관리하는 사람이 누굽니까! 무슨 점심을 하루 종일 먹어요? 빨리 직접 찾아보세요."

몬시뇰이 통화를 하는 동안 최준호는 사무실을 둘러보았다. 학장 신부의 사무실과 달리 화려한 느낌이 드는 곳이었다. 벽에는 성직인이나 유명인사와 함께 찍은 사진들이 줄지어 걸려 있었고, 가구들은 새것처럼 깨끗했다. 몬시뇰은 택배 회사로 전화를 해보라며 화를 냈다. 다른 곳으로 다시 전화를 걸면서 최준호에게 물었다.

"오늘 꼭 받아야 하는 건 아니죠?"

"아니요. 김 신부님께서 오늘 꼭 받아 오라고 하셨어요."

몬시뇰은 미간을 찡그리며 유창한 이탈리아어로 통화를 했다. 수화기 너머로 거친 이탈리아 목소리가 새어나왔다. 그러자 몬시뇰은 인상을 일그러뜨리며 콧바람을 세게 내쉬었다. 일이 잘 풀리지 않는 모양이었다.

"유럽 사람들이 일처리가 늦어요. 오늘이면 도착해야 하는데 말이죠."

수화기를 내려놓으며 몬시뇰은 신경질적으로 책상을 두들겼다. 그 때 직원이 문을 열고 들어와 음료수 두 개를 내려놓았다. 비타민 음료에서 차가운 냉기가 흘러나왔다. 몬시뇰이 최준호의 얼굴을 살피며 말을 꺼냈다.

"구마라는 것이 뭔가 특별해 보이지만 예전부터 권력 때문에 생긴 일종의 헤게모니예요. 사람들에게 종교에 대한 두려움과

권위를 얻기 위해서 만든 것이기도 하지요. 저도 유학 시절에 몇 번 봤는데, 대부분이 투렛 증후군이나 다발성 경화증이더라고요."

최준호가 고개를 끄덕였다. 그러자 몬시뇰이 순식간에 비운 비타민 음료를 바라보며 말했다.

"근데 웃긴 건 신부들이 기도해 주면 그게 호전되기도 한단 말이에요. 일종의 비타민이죠."

"근데 오늘 받을 게 무슨 물건입니까?"

"아, 모르시는구나. 프란치스코의 종이라고, 고대 수도승들이 악귀가 들린 동물이 있는 숲을 지날 때 그 종을 치면서 지나갔다고 하더군요. 성 프란치스코가 직접 만들었다고 합니다. 근데 그거 나름대로 아시시에서는 국보급 보물이에요. 이거 부탁하는데도 엄청 고생했습니다. 장엄구마에 이거 없으면 큰일이죠."

몬시뇰은 생색을 내며 장황한 설명을 늘어놓았다. 그러나 최준호의 머릿속에는 온통 택배를 찾아야겠다는 생각뿐이었다. 몬시뇰의 말에 따르면 오늘 밤 김 신부가 하려는 것은 장엄구마인 것 같았다. 그리고 김 신부는 그 의식에 프란치스코의 종이 꼭 필요하다고 한 것이다. 그때 마침 전화가 다시 걸려왔다. 몬시뇰은 통화를 하며 인상을 구겼다. 택배가 내일이나 모레 도착할 거라고 했다. 울상이 된 최준호는 성당을 빠져나와 김 신부에게 사정을 전했다. 말이 끝나기도 전에 김 신부의 거친 목소리가 튀어나왔다.

"닭대가리 새끼야. 그건 니 사정이고. 부탁한 게 언젠데. 니가 이탈리아로 날아가서 가지고 오던지 아니면 만들어 오던지 알 아서 해. 요즘 새끼들은 끈기가 없어."

귓가에 날카롭게 날아드는 김 신부의 말에 최준호는 멍하니 서서 머리를 감싸 쥐었다. 당장 오늘 저녁까지 택배를 어떻게 찾아야 할지 막막했다. 그 순간 저 멀리 노란 트럭이 이동하는 것이 보였다. 택배 트럭이었다. 최준호의 얼굴에는 축복을 받 은 것처럼 화색이 돌았다. 눈을 크게 뜨고 움직이는 노란 트럭 의 경로를 따라 시선을 옮겼다. 제발 성당을 향해 오기를. 저 트 럭 안에 이탈리아에서 날아온 택배가 들어있기를. 노란 트럭은 천천히 길을 돌더니 성당을 향해 방향을 틀었다. 최준호는 트 럭을 뒤쫓아 성당으로 뛰어 들어갔다.

사무실에서 택배를 건네받고 상자를 열어보았다. 겹겹이 쌓 인 포장지를 모두 뜯어내고 나니 세월의 흔적이 묻어나는 작은 종 하나가 있었다. 분명 국보급 보물이라고 했는데 특별한 점 은 없어 보였다. 조금 실망한 얼굴로 종을 살짝 흔들어보았다. 땡그렁! 맑고 경쾌한 종소리가 사방으로 울려 퍼지자 성당 지

붕 곳곳에 앉아있던 비둘기들이 일제히 하늘로 날아올랐다. 그러나 그 모습을 보지 못한 최준호는 고개를 갸우뚱거리며 가방에 종을 챙겨 넣었다.

**

최준호는 다음 장소인 작은형제회를 향해 움직였다. 김 신부는 수도회로 돌아간 박 수사를 만나 돼지를 받아오라고 했다. 그리고 수도원장은 되도록 마주치지 말라는 말을 덧붙였다. 프란치스코 작은형제회는 도심 한가운데에 있었다. 그곳은 전경버스가 기다란 행렬을 이루며 성벽처럼 둘러싸고 있었다. 최준호는 버스 사이 좁은 틈을 지나 고즈넉한 건물 안으로 들어갔다.

수도회는 마치 다른 세상처럼 고요했다. 붉은 벽돌로 이루어진 건물들이 본관을 둘러싸고 있었다. 박 수사가 어디에 있을지 몰라 주위를 두리번거렸다. 조용히 걸음을 옮기며 어디론가 바쁘게 걸어가는 사람들이 눈에 들어왔다. 직접 찾아 헤매는 것보다 물어보는 게 빠르겠지. 최준호는 그들을 따라 본관 뒷문으로 들어갔다.

건물 안은 빛이 잘 들지 않아 어두웠고, 앞서 들어간 사람들은 어느새 사라지고 없었다. 최준호는 건물 안쪽으로 걸어가다

C#1 / 46-1 정신병원 건물 밖 (D/L)

L.S
청량리 마리아 정신병원 외관.

C#2

다른 수녀들이 마스크를 하고
수건과 오물을 가지고 병실에서 나온다.

김신부와 아그네스 Frame In
병실로 들어가며 최부제와 통화하는 김신부.

C#3

김신부와 아그네스 M.S
Track Out

김신부 : 이 닭대가리 새끼야. 그건 니 사정이고...
말이 돼? 부탁한 게 언젠데...

C#4 / 46-2 서울대교구 앞 거리 (D/L)

최부제 측면 B.S
Follow

최부제 : 아니 그게... 제가 어떻게 할 수 있는 게
아니고요... 그쪽에서... 그런 걸...

C#5

김신부 측면 B.S
Follow

김신부 : 니가 이탈리아로 날아가서 가지고 오던지
아니면 만들어 오던지 알아서 해.
요즘 새끼들은 끈기가 없어.

C#6 / 46-2 서울대교구 앞 거리 (D/L)

최부제 측면 B.S
Follow

최부제 : 네? 정말이에요. 없다는 걸 제가 어떻게...

C#7 / 46-2 서울대교구 앞 거리 (D/L)

최부제 F.S

골목으로 들어가는 최부제.
우 Pan

김신부 : (통화) 아니다... (한숨) 내가 어린 너한테 뭐
시킨 게 잘못이다. 다 내 잘못이야.
미안하다. 정말. 너그럽게 나 용서해주고,
그냥 씨발 거기 성당에서 기도나 하고 있어.

최부제 뒤로 택배 트럭 Frame In

C#8 / 46-2 서울대교구 앞 거리 (D/L)

최부제 C.U
전화 통화를 하다 뒤를 돌아보는 최부제.

C#9 / 46-2 서울대교구 앞 거리 (D/L)

최부제 POV
골목 끝에서 사라지는 택배트럭. Frame Out

C#10 / 46-2 서울대교구 앞 거리 (D/L)

최부제 B.S

최부제 : 잠깐만요. 잠깐만요.

최부제 Frame Out

C#11 / 46-2 서울대교구 앞 거리 (D/L)

택배 트럭은 올라가고 있고
최부제 Frame In

C#12 / 46-2 서울대교구 앞 거리 (D/L)

최부제 B.S
혼자 중얼거리며 트럭을 계속 주시하는 최부제.

최부제 : 제발, 제발, 제발.

김신부와 통화하다 택배트럭을 보고 쫓아가는 최부제.

C#13 / 46-2 서울대교구 앞 거리 (D/L)

김신부 : (통화) 야 임마! 니가 지금 나한테 빌어봐야 소용없고...

C#14 / 46-2 서울대교구 앞 거리 (D/L)

택배 트럭은 천천히 성당 입구를 지나갈 것 같다가 그냥 가버린다.

C#15 / 46-2 서울대교구 앞 거리 (D/L)

C#16 / 46-2 서울대교구 앞 거리 (D/L)

최부제 B.S
실망한 최부제는 뒤돌아 다시 걸어간다.

그때 뒤쪽에서 끼익~ 차가 멈추는 소리가 들린다.
Track In

잽싸게 돌아보는 최부제.

C#17 / 46-2 서울대교구 앞 거리 (D/L)

택배 트럭은 다시 슬금슬금 후진한 뒤
성당으로 올라간다.

C#18 / 46-2 서울대교구 앞 거리 (D/L)

후진하는 택배 트럭.

C#19 / 46-2 서울대교구 앞 거리 (D/L)

안으로 올라가는 택배 트럭.

C#20 / 46-2 서울대교구 앞 거리 (D/L)

최부제 B.S
최부제의 반짝이는 눈과 입가에 미소.

최부제 : 금방 전화 드릴게요.

C#21 / 46-2 시울대교구 앞 거리 (D/L)

L.S
전화를 끊어 버리고 성당으로 뛰어 올라가는 최부제.

C#22

김신부 B.S

김신부 : (전화기에 대고) 야! 야!
　　　　뭐 이런 새끼가 다 있어?

C#23

김신부 OS 아그네스 M.S
김신부를 쳐다보는 아그네스.

C#24

F.S

김신부 : 나 혼자 들어가볼게. 볼일 봐...

아그네스 Frame Out

가 지하로 향하는 계단을 발견하고 그 아래를 살폈다. 박스를 들고 지나가는 사람의 둥근 머리가 보였다. 계단을 내려가자 곳곳에 녹이 슬어있는 커다란 철문이 있었다. 코끝에 눅눅한 공기가 스치며 쾌쾌한 냄새를 풍겼다. 철문을 열고 안을 들여다보자 예상과 달리 넓은 지하실이 나타났다. 그 안에는 수십 명의 수도승들과 대학생들이 분주하게 움직이고 있었다. 지상에서는 건물이 텅 빈 것처럼 보였는데 알고 보니 모두 이곳에서 무언가를 준비하는 모양이었다. 몇몇은 한쪽에서 락카를 뿌리며 현수막을 만들고 있었고, 다른 몇몇은 집회를 위한 촛불과 물건들을 정리하고 있었다. 벽면에는 '천주교 정의실현 사제단'이라고 적힌 현수막이 길게 붙어 있었다. 최준호는 자신과 가까운 곳에서 글씨를 쓰고 있는 수도승에게 다가가 목소리를 낮추고 물었다.

"저, 박태근 수사님 좀 뵐 수 있을까요?"

"저는 다른 지부에서 와서 잘 모르겠습니다."

수도승이 미안한 얼굴로 대답했다. 최준호가 다른 사람을 향해 돌아서는데 뒤에서 누군가의 목소리가 날아들었다.

"박 수사는 왜?"

도둑질을 하다 들킨 사람처럼 화들짝 놀라 소리가 난 쪽을 돌아보았다. 질문을 한 사람은 다름 아닌 수도원장이었다. 수도원장과는 마주치지 않는 것이 좋다고 했던 김 신부의 말이 뇌리를 번뜩 스쳤다. 최준호는 선뜻 대답을 하지 못하고 머뭇거렸다.

"누구야? 자네는?"

수도원장이 다그치듯 정체를 물었다. 주변에서 작업에 몰두하던 사람들이 힐끗거리며 둘을 쳐다보았다. 안절부절 못하던 최준호는 할 수 없이 사실대로 말했다. 가만히 이야기를 듣던 수도원장이 최준호를 데리고 지하실에서 나왔다. 인적이 없는 복도에서 수도원장이 물었다.

"거기 왜 가는 거야?"

"그게 학장 신부님께서…."

"야, 쓸데없는 소리 하지 말고 내가 학장한테 전화 해줄 테니까 그냥 돌아가. 이 인간이 이제는 본당에까지 가서 사람을 구해?"

수도원장은 화가 난 얼굴로 말을 퍼부었다. 그리고 잠시 숨을 고르더니 난처한 기색이 역력한 최준호에게 말했다.

"니가 지금 몇 번째인지 알아? 열 명도 넘는 수사들이 거기 갔다 왔어. 걔네들 지금 수도회도 안 나오고 연락 두절이야. 더 이상은 안 돼. 안 그래도 지금 방송국에서 알아가지고 난리들인데…."

수도원장은 고개를 절레절레 흔들며 단호하게 말했다. 최준호는 말을 가로막으며 그래서 가려는 거라고 설명했다.

　"학장 신부님께서 확인하고 오라고 하셨어요. 애를 추행한다는 이야기도 있어서. 이번에는 제가 확인하고 오겠습니다."

　"나 참. 좋아. 그럼 이제 우리는 빠지는 거야."

　최준호가 알겠다는 듯이 재빨리 고개를 끄덕였다. 수도원장은 박 수사가 고향으로 내려갔다고 했다. 그러더니 안토니오를 불러 돼지를 전해주라고 했다.

　최준호는 안토니오를 따라 취사장으로 갔다. 뒤편에는 작은 풀밭이 있었고 구석에는 줄에 묶인 채 킁킁거리는 돼지 한 마리가 있었다. 최준호는 그 옆에 털썩 주저앉아 돼지를 뒤집었다. 배에 난 점의 개수를 꼼꼼하게 세기 위해서였다. 고개를 끄덕이며 돼지를 확인하고서 목줄을 손에 쥐었다. 수도원장은 떠나려는 최준호를 불러 세우더니 앞으로 다가와 성호를 긋고 짧은 축사를 읊었다. 최준호는 고개를 숙이고 경건한 마음으로 받아들였다.

　"다들 뭐라 그래도 범신이 개는 그런 짓 할 사람 아니야. 너도 몸조심하고. 무슨 말인지 알지?"

　축사를 마친 수도원장이 마지막으로 당부했다. 최준호는 사뭇 진지한 얼굴로 고개를 끄덕였다. 품에 안은 돼지가 꿀꿀거리며 버둥거렸다.

 준비는 모두 마쳤다. 최준호는 명동으로 가는 버스에 올라타
며 생각했다. 버스에 타고 있던 승객들이 사제복을 입은 최준
호와 돼지를 번갈아가며 쳐다보았다. 최준호는 자리에 앉아 주
머니에 넣어두었던 메모를 꺼냈다. 녹취 자료를 들었던 날 영
신의 말을 받아 적었던 메모였다. 분명 발음하는 대로 쓴 것인
데 아무리 사전을 뒤져봐도 그런 말은 나오지 않았다. 의문이
가득한 얼굴로 창밖을 바라보았다. 어느덧 해가 저물었고, 도
로에는 헤드라이트를 켜고 달려가는 차들이 가득했다. 한숨을
내쉬며 고개를 떨구는 순간 창가에 비친 메모가 눈에 들어왔
다. 종이 위 글자들의 방향이 다르게 보였고, 번뜩 생각이 스치
자 메모를 뒤집어보았다. 뒷면에 희미하게 비치는 글자들. 최
준호는 더듬거리며 발음을 해보았다.

 "novas sedes. donecehet male. 새 집을 찾자. 수컷이 필요
해…."

 수컷이 새 집이라는 의미인 걸까. 영신의 목소리를 떠올리자
파문이 일듯 머릿속에 의문이 번졌다.

**

버스에서 내린 최준호는 로데오 거리를 걷다 어두운 골목으로 들어갔다. 전단지들이 바닥에 나뒹굴었고 전봇대 아래에는 오물 자국이 남아 있었다. 돼지가 쿵쿵거리며 움직이는 동안 최준호는 낮은 목소리로 구마에서 해야 할 기도를 연습했다. 그때 김 신부에게 전화가 왔다. 도착했다고 말하자 김 신부는 달이 떴는지 물었다. 고개를 들어 하늘을 보니 아직 달은 뜨지 않은 상태였다. 김 신부는 다시 장소를 바꿔 시장통 초입에 있는 가게로 오라고 말했다. 최준호는 투덜거리며 돼지를 끌고 발길을 돌렸다.

고개를 들어 간판을 올려다보았다. 김 신부가 말한 곳이었다. 메뉴가 어설프게 붙어있는 유리문 안을 힐끗 쳐다보니 검은 옷을 입고 앉아있는 사내가 보였다. 최준호는 크게 숨을 들이마시고 심호흡을 한 다음 가게 안으로 들어갔다. 김 신부는 갑자기 들려오는 인사 소리에 돌아보고는 짜증 섞인 목소리로 말했다.

"야, 돼지는 좀 밖에 묶어 놔라. 넌 양심도 없냐? 삼겹살집에 돼지를 데려오고."

예상치 못한 반응에 당황한 최준호는 연거푸 고개를 숙이며 사과했다. 그리고 허둥지둥 가게 밖으로 나와 근처에 있는 입간판에 돼지를 단단히 묶어두었다. 다시 가게 안으로 들어왔지만 김 신부는 쳐다보지도 않고 계속 텔레비전만 보고 있었다. 화면에는 단정하게 옷을 차려입은 아나운서가 뉴스를 전하고 있었다.

"가톨릭 귀신 쫓기와 관련하여 수도회 측에서는 아무런 답변을 내놓고 있지 않는 상황입니다. 여기 뒤에 보이는 곳이 예식을 행했던 수도회 신부와 관련이 있는…."

어느새 최준호도 아나운서의 말에 귀를 기울였다. 뉴스에 나오는 수도회 신부란 바로 눈앞에 앉아있는 김 신부를 말하는 것이었다. 화면이 넘어가자 이번에는 인터뷰를 하는 수도원장의 모습이 나왔다. 수도원장은 같은 수도회 사람이 아니라고 못 박고 있었다. 김 신부는 소주잔을 들어 입에 털어 넣고서 비꼬듯 말했다.

"다들 참 자연스러워. 그치?"

최준호는 목소리만 들었던 김 신부의 얼굴을 살폈다. 눈가의 깊은 주름과 작은 상처들, 거친 말투와 투박한 눈빛이 강한 인상을 자아냈다. 눈치를 보고 있는 최준호에게 김 신부는 고향이 어딘지, 부모님 직업은 무엇인지, 형제는 몇이나 있는지, 신상에 대해 묻기 시작했다. 최준호는 얼떨결에 용인 수지가 집이고, 부모님이 교직에 계신다고 대답했다. 그러나 형제가 있냐는 질문에는 말을 못하고 입을 닫았다. 문득 이상한 낌새를 눈치 챈 김 신부가 얼굴을 들이밀었다. 대답을 원하는 표정이었다.

"동생이 하나 있었습니다."

과거형으로 대답하자 김 신부는 어떻게 죽었는지를 물었다. 민감한 질문인데도 전혀 신경 쓰지 않는 태도였다. 최준호가 시선을 피하고 대답을 뭉뚱그렸지만 김 신부는 물러나지 않고 무슨 사고를 당했는지 물었다.

"개한테 사고를 당했습니다."

"개한테? 재밌네. 자세히 좀 얘기해봐."

"뭐가 재밌으신데요?"

최준호는 울컥 화가 나서 쏘아붙였다. 김 신부는 묘한 웃음을 지으며 소주잔을 채웠다.

"짐승한테 죽으면 연옥에서 떠돈다는 이야기 알지? 불쌍해서 어떡하나. 슬퍼서 눈물이 다 나오네."

김 신부는 약 올리듯 말을 하고 소주를 마셨다. 불판 위에서 고기가 지글지글 끓으며 연기를 냈다. 최준호는 끓어오르는 화를 누르며 가만히 주먹을 쥐었다. 김 신부는 아무렇지 않은 표정으로 쌈을 싸서 입에 집어넣고 우걱우걱 씹었다. 그러더니 대충 짐작이 간다는 표정으로 고개를 끄덕거렸다.

"교육자 집안에 외아들만 남았으니 신부가 되는 걸 죽도록

반대하셨을 거고. 집에서 쫓겨나다시피 신학대로 온 아들은 맞지도 않는 사제과정을 겨우 버티고 있고. 신부가 돼서 자신을 바치면 연옥에 떠도는 동생이 천국에 갈 수 있다고 생각하는 멍청한 아들은 답답한 부모 마음도 몰라주고."

다 안다는 듯이 함부로 말하는 김 신부의 말에 최준호는 어이가 없다는 듯 웃었다. 잠시 말을 멈춘 김 신부가 다시 말을 이었다.

"원래 범띠가 사제랑은 상극이야. 다 이런 사연들이 있어. 넌 별로 특별한 것도 아니야."

"그럼 신부님은 뭐가 그렇게 특별하신데요!"

최준호가 테이블을 주먹으로 내리치며 소리쳤다. 김 신부를 노려보는 눈에 분노가 일었다. 그런 최준호를 가만히 바라보던 김 신부는 다시 소주잔을 채웠다. 잠시 침묵이 흘렀다. 최준호는 온몸에 뻗친 흥분을 가라앉히며 물었다.

"박 수사님은 왜 그만 두셨습니까?"

"놈들은 범죄자들이랑 비슷해. 자신의 존재가 알려질수록 더 깊게 숨어버리지. 들켜버리는 순간 이미 반은 진 것이나 다름없어."

최준호는 김 신부의 말을 들으며 여러 기억을 떠올렸다. 미친놈 하나 있다고 내뱉던 박 수사의 얼굴과 애 엄마와 합의를

했다고 말하던 학장 신부의 목소리, 그리고 김 신부가 그런 사람이 아니라고 말하는 수도원장의 눈빛.

"다행히 수컷이 여자 몸에 들어갔으니까 가능한 일이야. 그래서 우리한테 행운이고."

김 신부의 얼굴은 어쩐지 쓸쓸해 보였다. 최준호는 김 신부가 어떤 사람인지 도무지 감을 잡을 수 없었다. 김 신부는 어두운 표정으로 술병을 들어 잔에 기울였다. 병은 텅 비어 있었고, 겨우 소주 한 두 방울이 떨어질 뿐이었다. 최준호는 취기가 오른 김 신부의 얼굴을 살피며 그만 일어나자고 했다.

"그래, 이제 달도 올라왔겠다."

빈 잔을 다시 내려놓는 김 신부의 얼굴은 아무것도 남아있지 않은 술병처럼 허전했다.

최준호는 먼저 밖으로 나와 묶어두었던 돼지를 챙겼다. 가게 안에서는 김 신부와 가게 주인이 실랑이를 벌이고 있었다. 김 신부는 돈을 내려고 하고 가게 주인은 받지 않겠다고 하는 모양이었다. 김 신부가 무어라 말을 하며 억지로 돈을 쥐어주고 나오자 가게 주인이 뒤따라 밖으로 나왔다. 가까이서 보니 가게 주인은 만삭의 임신부였다. 김 신부가 최준호를 데리고 골목을 빠져나가자 가게 주인이 뒤에서 소리쳤다.

"오빠! 나 다음 달이야. 안 오기만 해봐!"

김 신부는 화답을 하듯 손을 들어 흔들었다.

유흥업소가 몰려있는 길은 번쩍이는 불빛과 시끄러운 음악소리가 뒤섞여 번잡했다. 스쳐지나가는 사람들의 얼굴은 무표정했다. 앞서가던 김 신부가 갑자기 무슨 생각이 난 것처럼 멈추더니 최준호를 돌아보았다. 최준호는 영문을 모르겠다는 얼굴이었다. 김 신부가 손가락으로 최준호의 이마를 툭툭 건드리며 말했다.

"우리 지금 5000살 먹은 놈 만나러 가는 거야. 긴장해!"

최준호는 이마를 매만지며 인상을 찌푸렸다. 김 신부의 단호한 목소리가 귓가에 맴돌았다.

C#1

F.S
Track In
소주를 마시는 김신부.
당당하게 다가오는 최부제.

최부제 : (다부지게) 안녕하세요. 제가 최준호 부제...

김신부 쪽으로 Pan

김신부 : (짜증을 내며) 야. 돼지는 좀 밖에 묶어 놔라! 넌 양심도 없냐? 삼겹살 집에... 쯧...

C#2

K.S

최부제 : 아. 죄송합니다.

허둥지둥 돼지를 가지고 밖으로 나가는 최부제.
한숨을 쉬며 다시 술을 마시는 김신부.
TV에서 나오는 소리.
고개를 돌려 벽에 걸려있는 TV를 본다.

C#3 / 64A , 64B

TV 화면에 보이는 프란치스코 수도원 전경.

리포터 : (T.V) ...... 가톨릭 귀신 쫓기와 관련하여 수도회 측에서는 아무런 답변을 내어놓고 있지 않는 상황입니다. 여기 뒤에 보이는 곳이 예식을 행했던 수도회 신부와 관련이 있는...

화면에 프란치스코 수도원장이 나와 인터뷰를 한다.

C#4

수도원장 : (T.V) 같은 수도회의 사람도 아닐 뿐더러 저희는 모르는 사람입니다. 다시 한 번 말씀드리지만 저희 수도회와 한국 가톨릭은 이번...

김신부 B.S

C#5 / 64C , 64D

다음으로 TV에서 나오는 가톨릭병원 전경. 인터뷰하는 의사 박교수.

박교수 : (T.V) 저희들 측에서도 전혀 그런 일이 있었는지 모르는 바이고, 환자는 극심한 스트레스와 가정불화로 인하여...

C#6

어느새 테이블로 돌아와 같이 TV를 보는 최부제.

김신부 다들 참 자연스러워... 그치?

김신부는 최부제를 바라본다.

C#7

최부제 B.S 멀쑥하게 가만히 있는 최부제.

C#8

최부제 OS 김신부 B.S
High Angle

김신부 : 넌 몰몬교처럼 생겼냐?

C#9

최부제 B.S

최부제 : 네? 아... 가끔 듣습니다.

C#10

최부제 OS 김신부 B.S
High Angle

김신부 : 새파랗구만. 새파래... (한숨) 앉아라.

측면 M.S - Track In – B.S

C#11

최부제 : ...... 네. (자리에 앉는다)

김신부 : 집은 어디고?

최부제 : 용인 수지입니다.

김신부 : 고향도?

최부제 : 네. 그냥 거의 그 동네서 태어나고 했습니다.

김신부 : 땅값 많이 올랐겠네... 아버지 직업은?

최부제 : 부모님 두 분 다 교직에 계십니다.

김신부 : 아버지는 무슨 차 타?

최부제 : 네? 그냥... 뭐... 이번에 교감 되시면서 중형으로 바꾸셨다고...

김신부 : 두 분 다 성당 다니시고?

최부제 : 어머니만...

김신부 : 형제는?

최부제 : ...... 동생이 하나 있었습니다.

C#12

최부제 OS 김신부 B.S
그제야 최부제를 쳐다보는 김신부.

김신부 : 교통사고?

최부제 : ... 뭐 비슷한.

김신부 : 자살?

C#13

최부제 B.S

최부제 : 아뇨... 어릴 때 사고를 당했습니다.

김신부 : 무슨 사고?

최부제 : ......

C#14

측면 B.S

김신부 : 말하기 싫으면 안 해도 되고...

김신부 소주를 한 잔 마신다.

최부제 : 개한테 사고를 당했습니다.

김신부 : 개한테? 음... 재밌네. 자세히 좀 얘기해봐...

C#15

김신부 OS 최부제 B.S

최부제 : 흠... 뭐가 재밌으신데요?

C#16

김신부 B.S

김신부 : 아니... 뭐... 근데 넌 뭘 그렇게 발끈하는데?
다 지난 일을...

C#17

최부제 B.S

최부제 : ……

C#18

김신부 B.S

김신부 : 보자... 짐승한테 죽으면 연옥에서 떠돈다는
이야기 알지? 에고... 슬퍼서 어떡하나...
눈물이 다 나오네.

C#19

최부제 B.S
화를 참으며 말없이 가만히 있는 최부제.

C#20

최부제 OS 김신부 B.S
혼자 자기 술잔을 채우고 술을 마시는 김신부.
쌈을 싸서 입에 넣고 소리 내며 씹는다.
무엇인가 알 것 같다며 고개를 끄덕이는 김신부.

C#21

김신부 OS 최부제 B.S
그런 김신부를 바라보는 최부제.

C#22

최부제 OS 김신부 B.S
Track In

김신부 : 교육자 집안에 외아들만 남았으니 신부가
되는 걸 죽도록 반대 하셨을거고... 집에서
쫓겨나다시피 신학대로 온 아들은 맞지도
않는 사제과정을 겨우겨우 버티고 있고.
신부가 돼 자기 자신을 바치면 연옥에 떠도는
동생이 천국에 갈 수 있다고 생각하는 멍청한
아들은 답답한 부모 마음도 몰라주고...

C#23

김신부 OS 최부제 B.S
Track In

최부제 : ...... 후훗 (비웃음) 재밌네요...

C#24

김신부 측면 B.S

김신부 : 왜? 아니야?

C#25

최부제 측면 B.S

최부제 : ... 아는 게 많으신가 봐요. 구마사제님.

C#26

김신부 측면 B.S

김신부 : 범띠가 사제랑은 상극이야. 다 이런 사연들이
있어. 넌 별로 특별한 것도 아니야.

C#27

최부제 측면 B.S

최부제 : (김신부를 노려보며) 그럼 신부님은 어떠신데 요...! 뭐가 그렇게 특별하신데요!

C#28

최부제 OS 김신부 B.S
계속 고기를 집어 먹는 김신부.

C#29

김신부 OS 최부제 B.S

최부제 : 왜? 핏덩이는 몰라도 되나요?

C#30

최부제 B.S

김신부 : 이 새끼가...

C#31

김신부 OS 최부제 B.S
불편한 침묵이 흐르는 테이블.

C#32

김신부 B.S
자신을 노려보는 최부제를 쳐다보는 김신부.
잠시 후 뭔가 만족하다는 듯 고개를 끄덕이는 김신부.

김신부 : 한 잔 할래?

C#33

M.S

최부제 : 술은 안 먹습니다.

C#34

김신부 : 그럼 말고...

자작하여 혼자 마시는 김신부.

소주잔 - Tilt Up - 김신부 B.S

C#35

김신부 OS 최부제 B.S

최부제 : 박수사님은 왜 그만 두셨습니까?

삼겹살 집 안

김신부를 만나 첫인사를 나누는 최부제. 신경전을 벌이는 두 사람.

C#36

김신부 B.S

김신부 : 뭐... 내가 잘랐어.
겁도 많고 이래저래 잘 안 맞아.

C#37

최부제 B.S

최부제 : 아~ (모른 척) 다들 말을 너무 아끼시는 것
같아서...

C#38

김신부 B.S

김신부 : 놈들은 범죄자들이랑 비슷해. 자신의 존재가
알려질수록 더 깊게 숨어버리지. 들켜버리는
순간 이미 반은 진 것이나 다름없어.

최부제 : ......

김신부 : 다행히 수컷이 여자 몸에 들어갔으니까 가능한
일이야. 일종의 불시착이지. 그래서 우리한텐
행운이고...

C#39

최부제 B.S

최부제 : 네... 그냥 잡으시면 되겠네요.

C#40

김신부 B.S

김신부 : 근데... (무겁게) 가끔은 인질을 잡고 있기도
한단 말이야...

C#41

빈 술병. C.U

김신부 : 아이씨... 술이 없네.

C#42

M.S

최부제 : 그만 드시죠... 벌써 많이 취하신 것 같은데...

김신부 : 그래... 이제 달도 올라왔겠다.

C#1

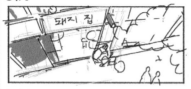

L.S
High Angle
고깃집 앞에서 돼지를 챙기는 최부제.

C#2

최부제 M.S
안에서 계산을 하고 있는 김신부를 바라본다.

C#3

최부제 POV

가게 주인으로 보이는 만삭의 젊은 여자와
실랑이를 벌이고 있는 김신부.
지갑에서 돈을 꺼내주려고 하고
만삭의 여인은 받지 않으려고 한다.
결국 돈을 건넨 김신부는 여자의 배를 만지며 웃는다.

C#4

최부제 B.S
그 모습을 수상하게 바라보는 최부제.

C#5

F.S
잠시 후 고깃집에서 나오는 김신부.
따라나오는 만삭의 여인 Frame In

C#6

M.S

만삭 여자 : 오빠...! 나 다음 달이야... 안 오기만 해봐...!

김신부는 건성으로 손을 들어주고 Frame Out
최부제 Frame Out

C#7

F.S
돼지를 데리고 김신부에게 따라붙는 최부제.

김신부 : (돼지를 돌아보며) 어째 살이 좀 빠진 것 같아.
그 놈 맞지?

최부제 : 네. 확인했습니다.

C#8

김신부 측면 B.S
Tracking

김신부 : 박수사한테 확실하게 신송 받았고?

최부제 : 네.

김신부 : 별말 없었어?

C#9

최부제 B.S
Tracking

최부제 : 뭐.. 별거 없다고... 그러시더라고요.

C#10

김신부 멈추어 선다.
최부제 Frame In 같이 멈추어서는 최부제.
김신부는 최부제의 미간을 손가락을 톡 치며 말한다.

C#11

최부제 OS 김신부 B.S

김신부 : 야! 우리 지금 5000살 먹은 놈 만나러
　　　　가는 거야. 긴장해!

C#12

김신부 OS 최부제 B.S
Track In

최부제 : …

앞에 먼저 걸어가는 김신부를 노려보는 최부제.

최부제 C.U
그 위 나오는 북소리. 둥! 둥! 둥!
최부제의 얼굴에서 움직이는 호랑이의 모습으로
천천히 디졸브.

C#1

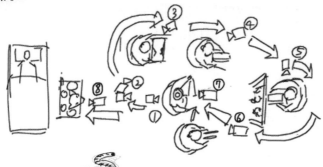

1. 격렬하게 무무(巫舞)를 하는 영주무당의 붉은 옷에 수놓아져 있는 호랑이.

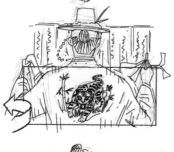

2. 영주무당의 왼손에는 여자 아이의 교복, 오른손에는 방울이 힘차게 움직인다.

영주무당과 제천법사의 살풀이 굿이 한창인 영신의 다락방.

3. 장구를 치는 무녀.

4. 북을 치는 무녀.

5. 연꽃으로 만들어진 가림막 뒤에 숨어
   진언을 외우고 있는 제천법사.

코에 땀이 가득한 채 주문을 외우는 법사와
그에 맞추어 엉엉 울면서 악기를 연주하는
무녀들의 모습.

6. 뚱뚱무녀.

7. 미친 듯이 모듬발 뛰기를 하는 영주무당의 모습.

8. 간소하게 차려진 상차림 위의 돼지머리.

화려한 로데오 거리. 사람들 사이를 걸어가는 두 사제와 돼지.

C#1

High Angle
최부제를 따라 움직이는 돼지.

C#2

F.S
골목을 지나 로데오 거리로 들어가는 김신부와 최부제.
Frame Out

C#3

로데오 거리 Insert

C#4

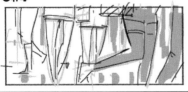

C#5

C#6

C#7

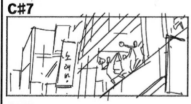

C#8

김신부 B.S
Track Out

최부제 Frame In
무표정하게 걷는 김신부 Frame Out

화려한 로데오 거리. 사람들 사이를 걸어가는 두 사제와 돼지.

C#9

김신부의 뒷모습 M.S
Follow

C#10

김신부의 뒤를 따라 걸어가는 최부제. B.S
Follow

C#11

L.S
많은 사람들 속에서 요리조리 걸어가는
검은 옷의 두 사제.

C#12

K.S

C#1

영신을 등지고 굿을 하는 무당패들.

Track Out - Pan – Boom Down

High Angle.

서서히 보이는 침대 위의 환자 영신의 모습.
빡빡 깎은 머리의 중성적이고
비쩍 마른 영신의 얼굴.
조금 벌린 입. 코에 꼽혀 있은 산소호스.
영락없이 숨만 쉬고 있는 식물인간의 모습이 되어 있다.

환한 로데오 거리 사이 어두운 건물 좁은 골목으로 들어가는 두 사제.

C#1

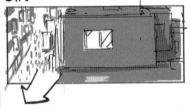

L.S
굿판이 벌어지는 불 켜진 영신의 다락방 창문.

Tilt Down
High Angle
그리고 그 너머로 밑에 보이는 환한 로데오 거리.
그 사이로 보이는 김신부와 최부제.

C#2

F.S
코너를 돌아 걸어오는 김신부와 최부제.

C#3

F.S
골목으로 들어가는 김신부.
주춤하다가 따라 들어가는 최부제.

C#4

F.S
골목 안으로 걸어 들어오는 김신부와 최부제.

C#5

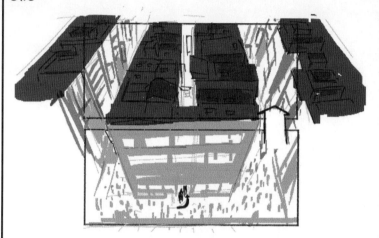

L.S
로데오 거리의 많은 사람들 사이에서
조용히 골목으로 들어가는 두 사제.

Tilt Up

영신의 집 다락방과 주변 건물들의 야경이 함께 보인다.

5

모든 악으로부터 오는 협박에서
당신의 모상을 구하시며

✝

밤하늘에는 커다란 보름달이 떠 있었다. 환한 달빛이 구름 사이로 뿜어져 나와 마치 전등을 새로 갈아 끼운 것처럼 눈부셨다. 로데오 거리 뒷골목에 있는 한 건물에서는 거리 분위기와 전혀 어울리지 않는 징소리가 새어나오고 있었다. 옥상에는 까마귀 떼가 앉아 날개를 퍼덕거렸다. 분주하게 움직이는 사람들의 그림자가 다락방 창문에 비쳤다.

다락방 안에는 영신이 산소 호스를 코에 꽂은 채 누워 있었다. 머리를 빡빡 깎고 광대가 앙상하게 드러난 영신의 얼굴은 사진 속 모습과는 완전히 달라져 있었다. 호스와 연결된 기계에서 일정한 소리가 흐르고 있었지만 영신은 조금도 움직이지 않았다. 이미 죽은 사람처럼 고요했다.

침대 반대편에는 붉은 옷을 입은 영주무당이 격렬하게 뛰고 있었다. 오들오들 몸을 떨며 얼굴에는 비 오듯 땀을 흘리고 있었다. 발을 모으고 계속 뛰어오르는 영주무당의 왼손에는 영신의 교복이 있었다. 오른손에는 방울을 움켜쥐고 힘차게 흔들었다. 영주무당 앞에는 제천법사가 앉아 있었다. 제천법사는 여자가 그려진 가림막 뒤에 숨어 누군가에게 쫓기는 것처럼 다급하게 진언을 외우는 중이었다. 이미 오랜 시간이 흘렀는지 제천법사의 옷은 땀으로 흠뻑 젖어 있었다. 주위에서는 진언에 맞춰 4명의 무녀들이 악기를 연주했다. 그들은 귀신 글이 쓰인 악기를 연주하며 고통스럽게 울부짖었다. 연주는 마치 지옥에서 들려오는 진혼곡 같았다. 상 위에는 간소한 차림이 준비되어 있었고, 가운데 놓인 돼지머리는 입을 벌리고 웃고 있었다.

한참동안 격렬한 무당춤이 계속되었다. 그러다 문득 영주무당이 춤을 멈추고 숨을 몰아쉬었다. 영주무당의 움직임이 신호라도 되는 것처럼 방 안에 있던 사람들도 일제히 행동을 멈췄다. 더 이상 진언도 외우지 않았고, 악기를 연주하며 울지도 않았다. 영주무당은 기진맥진한 표정으로 허리를 숙이고 헉헉거렸다. 제천법사가 소리를 치며 다그쳤다.

"말을 해 이년아. 아무것도 안 들리냐고!"

"네…. 죄송합니다."

"아이, 좆같네 진짜."

제천법사는 인상을 험악하게 일그러뜨리고 욕지기를 했다. 그러다 갑자기 무슨 생각이 드는지 눈을 번뜩이며 무녀들에게 우두로 바꾸라고 소리쳤다. 흰색 옷을 입고 악기를 연주하던 무녀들이 일어나 구석에 있는 커다란 보자기를 풀었다. 그 안에는 잘린 소머리가 들어 있었다. 무녀들은 소머리를 들고 끙끙거리며 옮겨와 영주무당의 등에 밧줄로 단단히 묶었다. 영주무당은 등을 돌리고 있었지만 소머리는 의식 없이 누워있는 영신을 마주했다. 그 사이 자리를 잡던 무녀들 중 하나가 무심코 영신 쪽을 쳐다보았다. 순간 무녀는 사악한 기운과 마주하는 착각에 휩싸였다. 숨이 조여오고 온몸이 경직되는 것 같은 고통이 느껴지던 순간 다리 사이에서 붉은 피가 줄줄 흘렀다. 으악! 무녀가 날카로운 비명을 지르며 주저앉자 그 모습을 본 제천법사가 혀를 찼다.

"공주야 왜 말을 안 들어. 나가!"

벼락같은 소리가 떨어지기 무섭게 피를 흘린 무녀는 단숨에 다락방을 뛰쳐나갔다. 문이 닫히는 순간 공기가 얼어붙었다. 그러나 영신은 어둡고 깊은 곳에 잠겨있는 사람처럼 아무런 반응도 보이지 않았다.

**

    최준호와 김 신부는 까마귀 떼가 모여든 허름한 건물 앞에 도착했다. 김 신부는 스산한 기운에 고개를 들어 주변을 살폈다. 네온사인이 번쩍거리는 맞은편 건물과 어두침침한 이쪽 골목은 마치 이승과 저승처럼 대조를 이루었다. 김 신부는 담배를 입에 물고 불을 붙였다. 최준호는 돼지를 끌어안으며 건물 안에 보이는 으슥한 계단을 훑어보았다. 김 신부가 담배연기와 함께 숨을 내뱉으며 말했다.

    "이 건물 다락방이야. 한 대만 피고 올라가자."

    최준호가 대답 대신 고개를 끄덕였다. 그 순간 까마귀들이 까악! 하고 울면서 요란스럽게 날개짓을 했다. 화들짝 놀라 최준호가 가볍게 몸을 떨자 김 신부가 말했다.

    "무서워? 겁먹고 있다는 걸 들키지 않는 게 중요한 거야. 구마는 기 싸움이야."

    "네."

    "쉽게 생각해. 우리는 일종의 용역깡패 같은 거야. 집 주인이 알박기 하고 안 나가니까 존나 괴롭혀서 쫓아내는 거지."

    우리가 집 주인을 괴롭히는 용역깡패라니. 최준호는 피식 헛웃음을 뱉었다.

"내가 다 알아서 하니까 크게 걱정하지 마. 보조 사제는 매뉴얼대로만 하면 절대 존재를 들키지 않아. 절대 쳐다보지도 말고, 대답하지도 말고, 기도 없이 듣지도 마. 그냥 내 언명을 반응에 따라 반복하고 단계별로 연장 준비해서 반응 끌어내면…."

김 신부는 마지막 당부를 하듯이 신중하게 설명했다. 귀를 기울이던 최준호의 눈에는 불현듯 검은 형체가 가까워져 오는 것이 보였다. 어두운 골목 끝에서 천천히 다가오는 그림자. 그것은 사람 같기도 했고 커다란 짐승 같기도 했다. 김 신부의 말소리가 점점 아득해지면서 최준호는 그 형체를 자세히 보기 위해 눈에 힘을 주고 가늘게 떴다. 점점 다가오는 것은 바로 죽은 여동생이었다. 순간 찰싹! 하고 따귀가 날아들었다.

"뭐하냐! 정신 안 차릴래?"

"아닙니다. 죄송합니다."

얼얼한 뺨을 어루만지며 최준호는 사과를 했다. 김 신부는 최준호가 눈을 떼지 못하는 곳을 향해 돌아보았다. 그러나 그곳에는 아무것도 없었다. 의심스러운 얼굴로 물었다.

"헛것이라도 보이냐?"

"아닙니다."

"새끼, 예민한 놈이네."

"예민하면 안 됩니까? 그래도 전 술은 안 취했습니다."

"이 새끼… 한 마디도 안 지네."

김 신부는 어이가 없다는 표정으로 웃었다. 그리고 다시 정색을 하고 말했다.

"형상 특징에 대해 말해봐."

"형상에는 사자 형, 뱀 형, 전갈 형으로 크게 나누어져 있고 아시아에서는 대개 대륙성 뱀 형이 많이 발생한다고 들었습니다. 하지만 이번에 박 수사님의 서취노트를 살펴본 결과 해당자의 가장 오래된 형상은 서방쪽 사자형으로 장미회 넘버 11호로 추측되고 있습니다. 1941년 중국 난징에서 독일 요한 신부님께서 마지막으로 발견하셨고 전쟁이 끝나고 놓쳤다고 들었습니다."

"됐고! 최종 목적과 축출 단계는?"

"예식의 최종 목적은 우선 출처와 시기 그리고 사람들에게 보호 받는 가장 오래된 형상의 이름을 실토하게 만드는 것입니다. 그래서 이름이 밝혀지면 그릇으로 축출하고 1시간 이내로 음귀이면 불로 태우는 소살법. 양귀일 경우 물에 빠뜨려 죽이는 익살법…."

최준호가 열성을 다해 대답을 하는 동안 불현듯 살의를 느낀 김 신부가 최준호를 재빠르게 끌어당겼다. 최준호는 중심을 잃고 김 신부 쪽으로 쓰러졌다. 곧이어 최준호의 등 뒤로 화분이 떨어져 박살났다. 쾅! 산산조각이 난 화분은 처참하게 흩어졌다. 최춘호는 창백해진 얼굴을 들어 화분이 떨어진 곳을 올려다보았다. 검은 까마귀가 푸드덕거리며 날아올랐다. 목덜미에 식은땀이 흘러내렸다.

"이제 슬슬 너도 보이나 보다. 올라가자."

김 신부는 한탄하듯 말을 뱉었다. 최춘호는 무엇이 보인다는 건지 이해가 되지 않았다. 그렇게 의문스러운 얼굴로 김 신부를 따라 건물 안으로 들어섰다. 어디선가 징소리가 가깝게 들려왔다.

습한 냄새가 배어나는 복도를 따라 걷자 두 사람이 보였다. 복도 맨 끝에 있는 집 앞에 서서 대화를 나누고 있는 사람은 박 교수와 영신의 아버지였다. 영신의 아버지는 수척한 얼굴로 언성을 높였다.

"교수님, 이제 그만 좀 하시면 안 돼요? 할 만큼 하셨잖아요."

"아버님, 이게 다 과정이에요. 저 사람도 노력하는 거 아시잖아요."

박 교수가 대답을 하는 순간 다가오는 김 신부를 발견한 영신의 아버지가 눈을 흘기며 말했다.

"아니 우리 애 저렇게 만든 게 누군데…."

"그래서 저희가 성의도 보여드렸잖아요. 오늘은 정말 마지막

이에요. 다 끝납니다."

"아니 우리 애가 이렇게 됐는데, 고작 2천만 원이 말이 됩니까?"

박 교수가 영신의 아버지에게 애걸하듯 부탁을 하는 동안 김 신부와 최준호는 아무 말도 하지 않은 채 문을 열었다. 집 안에는 주문을 외우는 소리가 가득했다. 추임새처럼 들려오는 여자들의 울음소리가 가슴이 찢어질듯 괴롭고 애처롭게 느껴졌다. 영신의 방문에는 덕지덕지 부적들이 붙어 있었다. 최준호는 음울한 분위기가 느껴지며 신경이 곤두섰다.

"굿을 하나 보네요?"

"응. 제천법사라고 꽤 실력 있는 친구야."

다락방 안에서는 격렬하게 의식이 진행되는 중이었다. 김 신부는 의식이 아직 끝나지 않은 것을 보고 다락방으로 향하는 좁은 계단에 털썩 주저앉았다. 눈치를 보아하니 다음 차례까지 기다릴 모양이었다. 최준호는 김 신부와 떨어진 곳에 자신도 자리를 잡고 앉았다. 품에 끌어안은 돼지가 꿀꿀거리며 울음소리를 냈다. 버둥거리는 짧은 다리와 일어선 작은 귀가 쫑긋거렸다.

김 신부는 앞으로 자신이 해내야 하는 일의 무게를 느끼며 눈을 감았다. 어깨 근육이 뻐근하게 굳어지는 기분이었다. 벽

에 고개를 기울이고 마음의 준비를 하던 김 신부는 정 신부의 병실에서 편지를 발견했던 날을 떠올렸다.

그것은 장미십자회에서 날아온 편지였다. 편지를 뜯어 본 김 신부는 이탈리아인 신부들의 사고가 단순한 사고가 아니었다는 것을 알게 되었다. 그리고 영신의 몸에 들어간 사령이 12형상 중 하나라는 것을 직감했다. 김 신부가 장미십자회로 연락을 취하자 단조로운 목소리의 이탈리아어가 들렸다.

"부마자가 누군지 모르지만 코마상태인 걸 보면 숙주가 형상을 잡고 있는 게 분명하다. 최선의 방법을 써야 할 것 같다."

"씨발, 애를 죽이란 말이야?"

김 신부는 울컥 분노가 치밀었다. 장미십자회는 숙주가 된 영신이 형상이 도망가지 못하도록 붙잡고 있을 때 죽여야 한다고 말하고 있었다.

"살인이라고 생각하지 마라. 지금 그것을 잡는다면 앞으로 너희 동아시아에서 일어날 50명 이상이 죽는 모든 참사들을 전부 막는 거나 다름없다. 할 일을 하는 것이다."

"그게 말이나 되는 소리냐고!"

김 신부가 수화기를 내려치며 흥분했던 자신을 떠올렸을 때 다락방 안에서는 점점 고조되는 살풀이 소리가 들려왔다. 이제 영신을 죽이든 살리든 결정을 내려야 하는 순간이 온 것이다.

김 신부는 저도 모르게 힘껏 주먹을 쥐었다. 손톱이 살 안으로 파고들었지만 김 신부의 얼굴은 차갑게 굳어 있었다.

다락방 안에서는 살풀이가 절정을 향해 치닫고 있었다. 영주 무당은 아까와 달리 왼손에는 칼을, 오른손에는 신발을 든 채 뜀박질을 하고 있었다. 주문소리와 북소리가 뒤엉켜 허공을 뒤흔드는 동안 침대 위에 의식 없이 누워있던 영신의 몸이 움직이기 시작했다. 그러나 방 안에 있는 사람들은 살풀이에 휩쓸려 영신의 움직임을 보지 못했다. 기이한 몸짓으로 상반신을 세운 영신은 침대 위에서 천천히 내려왔다. 발끝이 바닥으로부터 일자로 세워지면서 온몸이 꼿꼿하게 일어섰다. 이 모습을 바라보고 있는 것은 오직 영주무당의 등에 매달린 채 출렁거리는 소머리뿐이었다. 영신은 스르르 앞으로 움직이더니 문을 향했다. 마치 그림자가 흘러가는 것 같았다. 문을 열고 나와 영신이 마주한 사람은 벽에 머리를 기대고 앉아있는 김 신부였다. 영신은 관절을 기묘하게 움직이며 김 신부 옆으로 다가왔다. 그리고 다정한 얼굴로 김 신부의 어깨에 얼굴을 기댔다. 입에서는 예전의 영신처럼 맑고 단아한 목소리가 흘러나왔다.

"신부님, 사랑하는 신부님. 이제 그만하세요. 저 정말 괜찮아요."

"그래…. 나 오늘 너 죽이러 왔다."

김 신부는 꿈결처럼 들려오는 영신의 말에 차갑게 대답했다. 그러자 영신은 벌떡 몸을 일으켜 세우더니 김 신부를 내려다 보았다. 순식간에 다른 사람으로 변한 것처럼 얼굴에는 서늘한 빛이 가득했다. 영신은 교활한 미소를 지으며 다시 계단을 올라 방문으로 열고 들어갔다. 방 안에서는 허공을 찢을 듯 비명 소리가 터졌다.

다락방 바닥은 온통 붉은 피로 가득했다. 영주무당의 사타구니에서 빗물처럼 피가 흘러내렸고, 나머지 무녀들 또한 마찬가지였다. 두려움에 짓눌린 무녀들은 갑자기 와락 열리는 방문소리에 놀라 기겁을 하며 뛰쳐나갔다. 제천법사는 아수라장이 된 방 안을 보다가 연막 너머로 영신을 흘깃거렸다. 영신의 얼굴에 서려있는 검은 형체가 보였다. 짙은 안개처럼 축축하고 사악한 기운. 그것을 발견한 제천법사는 창백하게 질린 얼굴로 절을 하기 시작했다. 무릎을 꿇고 엎드려 고개를 조아릴 때마다 두 손이 벌벌 떨렸다.

제천법사는 살풀이를 중단하고 방 안에 있는 짐을 챙겨 나왔다. 계단 밑에서 기다리던 김 신부가 제천법사를 보고 알은척을 했다.

"뭐 좀 봤어?"

"피 봤어, 피. 근데 애들이 하혈하는 걸 보니 뱀은 아니야. 조심해요."

"알았어. 근데 딸래미 왔네? 괜찮아?"

"첫날부터 험한 꼴을 당해서… 좀 미안하긴 해요."

"무당 되기 싫어서 도망갔다고 하지 않았어?"

"지가 어떡하겠어요. 전생에 한이 얼마나 많은지… 안 눌러져서 결국 저번 보름에 내림받았어요."

"그래. 팔자대로 살아야지, 뭐."

김 신부가 제천법사를 위로하듯 중얼거렸다. 그때 최준호가 내려와 성찬 준비가 되었다고 알렸다. 최준호를 처음 본 제천법사가 김 신부를 향해 말했다.

"이번엔 제대로 된 범이 왔네요? 근데 좀 어리다."

"나이만 어리지 순 꼰대새끼야. 수고들 했어."

김 신부는 인사를 하고 계단을 올랐다. 최준호가 돼지를 작은 협탁에 묶으며 성찬 준비를 하는 동안, 김 신부는 다락방을 들여다보았다. 다들 짐을 챙겨 떠난 줄 알았는데 방 안에서 인기척이 느껴졌다. 사복을 갈아입은 영주무당이 멍하니 영신을 쳐다보고 있었다. 김 신부가 들어오자 영주무당은 그제야 방을 나가며 말했다.

"신부님 몸에도 악귀가 가득하시네요."

"우리는 평생 달고 살지."

방을 나온 영주무당은 밖에서 기다리던 최준호와 마주치자 무섭게 쏘아보았다. 눈빛이 날카롭고 서늘하게 빛났다. 최준호는 자신을 꿰뚫을 것 같은 시선에 섬뜩한 기분을 느꼈다. 남들은 보지 못하는 무언가를 들여다보는 것 같았다.

김 신부는 옷을 갈아입고 나와 최준호에게 세례명을 물었다. 최준호는 집기를 들어 올리며 아가토라고 대답했다. 아가토. 세례명을 듣자마자 김 신부는 피식 웃음을 지었다. 아가토라니.

"누가 준 거야?"

"제가 골랐습니다. 남들 다 하는 거 싫어서요."

어쩌면 최준호는 이 일을 하게 될 운명을 타고 난 건지도 몰랐다. 그러니 구마사 성인의 이름을 세례명으로 고른 것일지도.

김 신부는 성찬 준비를 마치고 잔에 담긴 포도주를 마셨다. 그리고 최준호의 머리를 잡고 기도를 하기 시작했다. 최준호는 그에 맞춰 자신의 몸에 성호를 그으며 회개기도를 읊었다.

"성부, 성자, 성령의 이름으로 아멘."

김 신부는 이어 작은 향수병을 집어 들고 자신의 몸에 골고루 뿌렸다. 그리고 최준호를 향해서도 향수병을 분사했다. 코를 킁킁거리며 냄새를 맡던 최준호가 무엇이냐고 물었다.

"여자 분비물. 우리 신부 인생에는 없는 거야."

"네?"

"일종의 위장술이야. 자칫 잘못하면 우리가 숙주가 될 수도 있어. 음기로 속이는 거지. 좀 그렇기는 해도 박 교수가 힘들게 구한 거야."

최준호는 못마땅한 얼굴로 인상을 찡그렸다. 김 신부는 아랑곳하지 않고 치약을 건넸다. 의식에는 처음 참여하는 것이니 코밑에 바르라는 뜻이었다. 최준호는 마지못해 손끝으로 치약을 발랐다. 자신을 초짜라고 무시하는 것 같아 기분이 썩 내키지 않았다. 두 사제는 문을 열고 방 안으로 들어갔다. 그 순간 지독한 냄새가 코를 찔렀다. 한 여름날 완전히 부패한 음식보다도 몇 배는 더 끔찍한 냄새였다. 최준호는 총알같이 밖으로 튀어나와 한 쪽 벽을 붙들고 구역질을 했다. 코끝에 남아있는 역한 냄새가 느껴질 때마다 속이 뒤집혔다.

현現
전奠

굿판이 벌어졌던 영신의 방은 어수선한 상태였다. 일정한 간격으로 들려오는 심박기 소리는 영신이 아직 살아있다는 것을 보여주는 유일한 증거였다. 죽은 듯이 누워있는 영신의 얼굴은 텅 비어 있는 상자처럼 아무 감정도 남아있지 않았다. 최준호는 간신히 구역질을 참으며 김 신부 옆에 다가섰다. 그러자 김 신부가 시계를 풀면서 말했다.

"전문용어로 말로도르라고 하지. 부마자 숨 속에서 나는 고기 썩은 내야."

"냄새 때문에 병원에서 쫓겨난 거군요."

두 사제가 대화를 나누는 사이 박 교수가 들어와 영신의 상태를 확인했다. 혈압을 재고 혈액을 체취하며 재빠르게 손을 놀렸다. 그리고 영신의 몸에 청진기를 대고 귀를 기울였다. 그 모습을 지켜보던 최준호가 김 신부에게 물었다.

"왜 뛰어내렸을까요?"

"내가 괴롭혀서 그랬을까봐? 들키니까 도망가려고 뛰어내린 거지. 사자가 재수 없게 암컷에게 들어갔잖아. 숙주를 죽이고 수컷에게 도망가려고 발악한 거지."

김 신부가 영신의 얼굴을 내려다보며 대답했다. 박 교수는 의문스러운 얼굴로 말했다.

"이상해. 보통 뇌사면 호흡을 못하는데 자가 호흡을 하고 있단 말이야."

"독한 년이라서 그래."

김 신부가 무겁게 가라앉은 목소리로 말했다. 박 교수가 서류에 사인을 받고 나가자 김 신부는 협탁 서랍에서 케이블 끈

을 꺼냈다. 그리고 영신의 팔과 다리를 단단하게 묶기 시작했다. 최준호는 매뉴얼대로 성물들을 꺼내 하나하나 올려두었다. 그리고 김 신부를 몰래 흘깃거리면서 학장 신부가 건넸던 캠코더를 꺼냈다. 김 신부를 향하도록 방향을 고정시키고 작동 버튼을 눌렀다. 김 신부가 영신의 팔다리를 모두 묶자 최준호는 소금을 들어 침대를 따라 뿌리기 시작했다. 일자로 그려진 소금선은 마치 공간을 나누는 하얀 벽처럼 보였다. 김 신부는 최준호를 보며 잔소리를 했다.

"꼼꼼하게 뿌려. 니가 살길이야."

김 신부는 이불을 걷어내고 창문을 활짝 열었다. 하늘에는 캄캄한 밤을 밝히는 달이 환한 빛을 뿜어내고 있었다. 일 년 중에 가장 커다란 달이 뜨는 날이었다. 최준호는 협탁에 준비를 마치고 영신이 마주하고 있는 벽에 성모마리아의 성화를 붙였다. 마지막으로 가방에서 서취노트와 예식서를 꺼내놓자 방 안에는 긴장감이 감돌았다. 김 신부는 깊게 숨을 내쉬며 최준호에게 말했다.

"예식서대로 미카엘의 기도를 해. 한글, 영어, 라틴 순으로."

"네."

"중국어도 가능하다고 했지?"

"해방의 기도와 시편 가능합니다."

"그럼 해방의 기도는 중국어로 해 줘."

"알겠습니다."

김 신부는 창문을 닫고 영신에게 다시 이불을 덮어주었다. 그리고 무당패가 떨어뜨리고 간 국화꽃 한 송이를 들어 영신의 코에 가져다 대었다. 물기를 머금고 있던 하얀 꽃잎이 순식간에 말라들어 까맣게 썩어버렸다. 최준호는 무릎을 꿇고 앉아 가슴팍에 성호를 그은 뒤 기도를 시작했다. 김 신부는 협탁 위에 올려진 성물 중 청동으로 만들어진 거울을 들고, 손가락으로 성수를 찍어 영신에게 다가갔다. 거울을 움직여 영신의 얼굴을 비춘 다음, 성수로 십자가를 그으며 언명했다.

"주님의 이름으로 말하라. 기혼. 아락세스. 이락투. 유카!"

강하고 힘찬 목소리와 달리 방 안은 고요했다. 영신은 조금의 미동도 없었다. 김 신부는 고개를 갸웃거리며 다시 한 번 반복했다. 그러나 결과는 마찬가지였다. 김 신부는 무언가 방해하고 있는 것이 있을 거라고 생각하며 주위를 두리번거렸다. 최준호는 이상한 낌새를 채고 슬쩍 실눈을 떴다. 의식을 하다 말고 서성이는 김 신부가 보였다. 김 신부는 최준호의 가방에 숨겨져 있는 캠코터를 발견하고 불같이 화를 냈다.

"이거 뭐야, 이 새끼야! 이제 아주 별짓을 다하는구만."

최준호는 난처한 얼굴로 김 신부를 바라보았다. 김 신부는 가방에서 캠코더를 꺼내 구석으로 힘껏 던져버리며 말했다.

"쥐새끼들한테 가서 말해. 여기서 있었던 일 전부 다 하나도 빠짐없이. 알겠어?"

김 신부는 다시 영신에게 다가가 자세를 잡았다. 엉거주춤하게 앉아 눈치를 보던 최준호도 다시 기도를 외우기 시작했다. 그 사이 파리 한 마리가 날아와 영신의 얼굴 위에 앉았다. 점점 영신의 입으로 다가가던 파리는 안으로 들어가 버렸지만 기도에 열중하고 있던 두 사제는 아무것도 보지 못했다.

위僞

장裝

김 신부는 의료용 라이트를 집어 들고 영신의 눈을 비춰보았다. 불빛을 움직여도 반응하지 않는 영신의 눈동자는 깊은 구덩이처럼 아득했다. 김 신부는 다시 거울을 들고 손가락에 성수를 찍었다. 그 순간 침대에서 가늘게 떨리는 영신의 목소리가 들렸다.

"신부님."

분명 영신의 입에서 흘러나온 소리였다. 최준호는 기도를 멈추고 믿을 수 없다는 표정으로 영신을 바라보았다. 코마상태인

환자가 말을 한 경우는 들어본 적이 없었다. 김 신부는 동작을 멈추고 천천히 흘러나오는 영신의 말에 귀를 기울였다.

"저 이제 괜찮은 것 같아요."

한 마디 말을 마친 영신은 힘겨운 듯이 깊은 숨을 토해냈다. 김 신부는 손에 쥐었던 거울을 내려놓았다. 손끝이 가늘게 떨리고 있었다.

"Dio. Abbi piet di noi."(주님. 자비를 베푸소서.)

김 신부는 보호 기도를 중얼거리며 천천히 허리를 숙였다. 협탁 밑에는 여러 종류의 십자가가 쌓여 있었는데 그 중 가장 낡아 보이는 나무 십자가를 집어 들었다. 최준호는 빠르게 뛰는 심장을 애써 진정시키며 기도를 외우는 데 집중했다.

"주님. 지옥의 불구덩이 속에서도 우리와 함께 하시고…."

최준호의 기도소리가 일정한 속도를 되찾았을 때, 다시 영신의 목소리가 들렸다.

"이거 좀 풀어 주시면 안돼요? 여기 누구 계신가요? 여기요! 신부님 혼자 계세요? 엄마랑 의사 선생님 좀 불러주세요. 저 괴롭히려고 여기 오신 거예요?"

연달아 말을 건네는 영신의 목소리에는 급박한 숨소리가 섞여 있었다. 김 신부는 영신의 애절한 부탁을 외면하며 시선을 십자가에 고정시켰다. 이마에서는 땀이 줄줄 흘러내렸고, 쉬지 않고 기도를 외우는 입술은 바짝 타들어갔다. 김 신부가 십자가를 영신의 가슴 가까이 가져가자 영신은 괴로운 듯이 몸을 비틀며 목소리를 높였다.

"누구… 누구 없나요? 이 사람 좀 말려주세요. 이 사람이 절 만졌어요. 아무도 없나요?"

최준호는 자신을 만진다고 말하는 영신의 목소리에 놀라 어깨를 움찔했다. 진실이 무엇인지 확인해야 한다는 생각이 들었다. 눈앞에 벌어지는 광경을 보기 위해 가늘게 실눈을 떴다. 녹슨 철제 침대가 눈에 들어오고 그 위에 누워있는 영신의 얼굴을 보는 순간이었다.

"하지 말라니까! 이 오입쟁이야!"

영신이 갑자기 눈을 부릅뜨고 김 신부를 향해 소리쳤다. 영신의 목소리가 비명처럼 울리자 전등이 파열음을 내며 깜빡거렸다. 최준호는 기겁하며 눈을 질끈 감았다. 재생되고 있던 녹음기가 저절로 꺼져버리고 촛불은 위태롭게 흔들리며 작게 뭉그러졌다.

폭풍이 휘몰아치듯 강렬한 기운이 휩쓸고 지나가자 방안은 다시 고요해졌다. 심장 박동을 알리는 기계음만 일정하게 울렸고, 영신은 아무 일도 없던 것처럼 평온한 얼굴로 침대 위에 누워 있었다. 김 신부는 눈에 힘을 주고 최준호를 쏘아보았다. 최준호는 아차 하는 얼굴로 자리에서 일어나 가방에서 바흐 칸타타 CD를 꺼냈다. 그리고 구석에 놓여있던 오디오에 CD를 넣고 재생시켰다. 스피커에서는 분위기와 어울리지 않는 멜로디의 칸타타 bwv 140이 흘러나오기 시작했다. 부드러우면서도 경건함이 묻어나는 선율이 허공을 가득 채웠다. 최준호는 다시 자리로 돌아와 성호를 그으며 기도를 시작했다. 김 신부는 협탁 옆에 놓인 상자 안에서 보라색 영대를 꺼내어 목에 둘렀다. 그리고 금색 십자가가 새겨진 끝자락을 들어 영신의 한쪽 눈을 덮었다.

"주님. 저희에게 힘을 주소서. 미카엘 천사장이여. 연약한 당신의 양들을 보호해 주소서. 당신의 창과 성모님의 방패를 저희에게 주시옵소서."

영신의 고요한 얼굴 위로 김 신부의 기도소리가 흘렀다. 두 사제는 귓가에 흘러드는 칸타타의 선율을 느끼며 점점 의식의 깊이를 더하고 있었다. 두 사제의 믿음과 경건한 의지는 하나의 에너지를 이루었다. 그리고 그것은 영신의 몸에 깃든 형상을 자극하며 깊은 곳에 숨어있는 어둠을 끌어올리고 있었다.

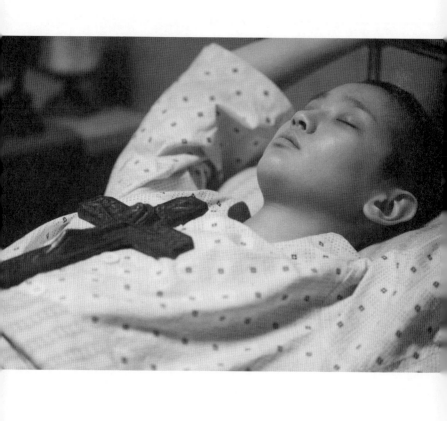

발發
화話

방 안을 가득 메운 기도 소리와 함께 밤은 더욱 깊어졌다. 두 사제는 눈을 감고 의식에 몰입하고 있었다. 그때 영신의 벌어진 입에서 아까 들어갔던 파리가 다시 나왔다. 처음에는 한 마리뿐이었으나 순식간에 수십 마리의 파리 떼가 영신의 얼굴을 뒤덮었다. 이를 시작으로 벽 틈새에서는 벌레들이 스멀스멀 기어 나왔고, 곧 사방에서 물이 쏟아지듯 온갖 벌레들이 모여 들었다. 어느새 수백 마리로 늘어난 벌레들은 모두 영신을 향해 움직였다. 두 사제 주변을 지나 철제 침대를 타고 오르며 영신의 몸을 뒤덮었다. 눈을 감은 채 두 사제가 외우는 기도는 절정을 향해 치달았고 그 순간 빠르게 깜빡거리던 전구가 픽! 하고 터졌다. 최준호는 머리 위에서 불빛이 터지는 것을 느끼며 몸을 움찔거렸지만 기도를 멈추지 않았다. 땀으로 뒤범벅이 된 김 신부는 눈을 떠 파리 떼로 가득한 영신의 얼굴을 바라보았다. 그리고 손을 들어 영신을 향해 성호를 긋고 언명했다.

"Aperi oculos tuos, est vox quod Dominus vocat!"(눈 뜨라. 주님의 부르는 소리 있도다!)

영신의 몸에서 으르렁거리는 짐승의 울음이 터져 나왔다. 앙상하게 마른 몸과 어울리지 않는 소리였다. 최준호는 자신의 귀를 의심하며 신경을 곤두세웠다. 크르르릉. 귓가에 날아드는 소리는 사납게 달아오르는 사자를 연상시켰다. 울음소리가 날을 세우듯 커지자 파리들이 다른 곳으로 날아가기 시작했다. 벽을 타고 내려오던 벌레들도 캄캄한 틈새로 재빠르게 도망갔다. 파리가 사라진 영신의 얼굴은 조금 전과 달리 검은 안개가 자욱한 것처럼 캄캄했다. 피부 위로 굵게 비치는 핏줄은 마치 검은 피가 흐르는 것 같은 착각을 일으켰다. 최준호는 방 안의 빛들이 파르르 떨며 사그라드는 것을 느꼈다. 마음 깊은 곳까지 공포가 파고들어 심장을 옭아매는 기분이었다.

김 신부는 털이 곤두설 만큼 사악한 기운을 느끼면서도 결코 뒤로 물러서지 않았다. 마치 두 마리 짐승이 싸움을 벌이는 것처럼 보일 정도였다. 영대로 가리지 않은 영신의 눈이 번쩍 뜨였을 때 김 신부는 노란 눈동자가 살기로 번뜩이는 것을 보았다. 그것은 사람의 것이 아니었다. 오랜 세월동안 어둠속에 깃들어 있던 사자의 것이 분명했다. 눈을 마주친 영신은 갑자기 김 신부를 향해 몸을 벌떡 일으켰다. 크하! 크게 포효하며 김 신부를 위협했다. 이 순간을 기다렸던 김 신부는 재빠르게 상자 안에서 작은 활을 꺼냈다. 정체를 알 수 없는 글씨가 가득 새겨져있는 활이었다. 사자의 노란 눈동자를 향해 시위를 당기며 외쳤다.

"미물은 물러나라! 나타나라 정결치 못한 검은 영이여!"

근엄한 목소리가 쩌렁쩌렁 울려 퍼졌다. 그러자 영신은 몸을
사리듯 뒤로 누우며 활을 노려보았다. 김 신부는 활을 내려두
고 영대를 들어 영신의 두 눈을 모두 가렸다. 눈이 가려진 영신
은 갑자기 검게 물든 입술을 움찔거리며 미소를 지었다. 입이
벌어지자 그 사이로 불에 타고 남은 것 같은 새까만 이빨이 드
러났다. 섬뜩한 목소리가 흘러나왔다.

"Verdammp Bach."(빌어먹을 바흐.)

말이 끝나는 순간 오디오가 불꽃을 일으키며 터졌다. 음악
이 멈추자 방 안은 정적에 휩싸였다. 그 고요함이 두 사제의 떨
리는 숨소리와 영신의 괴기한 목소리를 더 선명하게 만들었다.
오디오에서는 타는 연기와 함께 매캐한 냄새가 흘러나왔다.

"Ich habe gesagt, du musst die. Schw agerin vergewaltigen.
Du mutlos eunuch!"(내가 형수를 강간하라고 했었지. 용기 없
던 고자 새끼!)

영신의 입에서 굵고 거친 음성이 흘러나왔다. 마치 여러 사
람이 동시에 말하는 것 같았다. 최준호는 재빨리 서취노트를
집어 들고 말을 받아 적었다. 손이 벌벌 떨렸다. 김 신부는 영신
을 향해 다시 언명했다.

"거짓말의 아버지이자. 태초의 살인자여."

"Pater mendacis et homicida ab initio."

최준호는 방 안에서 들리는 모든 대화를 받아 적으면서도 김 신부의 말을 라틴어로 말하는 것을 잊지 않았다. 영신이 누워 있는 곳으로 성호를 그으며 언명을 반복했다.

"성부. 성자. 성령의 이름으로 묻는다. 어디서 온 것이냐!"

"Interrogatus tibi in nominae Pater Sanctus et Filius Sanctus et Spiritu Sancto, unde venis!"

"Semper adsum. Semper adero. Ubique ego sum, hic ego fui, ibi ego fui."(우리는 어디든지 있는 것이다. 여기에도 있었고 저 기에도 있었다.)

영신은 경련이 이는 것처럼 몸을 덜덜 떨면서 말했다. 분노 가 서린 얼굴은 험악하게 일그러졌고, 이가 부딪치면서 괴상한 소리를 냈다. 영신의 몸 깊은 곳에 숨어있던 형상이 드디어 모 습을 드러내고 있었다. 김 신부는 영대를 쥐고 있는 손에 힘이 들어갔다. 더 크고 강한 목소리로 물었다.

"언제부터 이곳에 온 것이냐! 말하라!"

"Usquequo eras tu ibi? Dica mihi!"

"Zai zher nimen huozi youdao sanbai ershi wuwan siqian liubai sanshi zhi de shihou wo jiu guolai le. haowuyong de xiao houzi!"

(여기에 니들 원숭이들이 3,254,630마리가 되었을 때 내가
건너왔다. 쓸모없는 원숭이들!)

"언제까지 여기에 있을 것이냐!"

"Ni (daodi) xiang dai nar dao shenme shihou!"

두 사제가 언명을 반복하는 순간 영신의 상태는 격렬하게 뒤
바뀌었다. 덫에 걸린 동물처럼 고통스럽게 몸부림치다가도, 교
활하고 사악한 사자처럼 소리쳤다. 그리고 이번에는 혀를 날
름거리며 뱀처럼 웃었다. 교태를 부리는 요부같은 모습이었다.
김 신부는 잘못을 꾸짖듯이 소리쳤다.

"너는 존재를 들켰다. 거기 있어봐야 고통만 있을 뿐이다!"

"Ni yijing bei faxian le. Liu zai nar zhihui shouku!"

"Tongku? Tongku, binghuan, jihuang, zhanzheng, heping
dangzhong wo zhongshi gen nimen zai yiqile. Uberprufen Sie
die Geschichte!"(고통? 고통. 질병. 기근. 전쟁. 평화 속에 난 언
제나 니들과 함께 있었다. 역사를 보란 말이다!)

라틴어로 언명을 반복하는 최준호의 목소리에 영신이 대답
했다. 김 신부는 재빨리 올리브 나무 가지를 꺼내고 영신의 몸
을 기울였다. 등에 올리브 나무 가지를 집어넣자 영신은 숨을
거칠게 몰아쉬었다. 고통에 몸을 웅크리고 추위를 느끼듯 덜덜

떨었다. 김 신부는 이 순간을 놓치지 않고 성호를 그었다.

"성부. 성자. 성령의 이름으로 묻는다. 왜 여기에 온 것이냐!"

"Is vicit mundum jam.! Interrogatus tibi in nominae Pater Sanctus et Filius Sanctus et Spiritu Sancto."

"Spiritu Sancto? Hoc nomen vetus finxit erat, sophe. Simula vides nihil, sicut alii. Oeconomia evolutio patrate, mordetis autem, sanguinem sugatis, homosapiens formicae!"(성부? 성자? 그런 이름은 이제 유행이 지났잖아. 지혜 있는 자여. 들어라. 그냥 밖에 사람들처럼 못 본 척하고 살란 말이야! 경제 발전 해야지. 서로 물어뜯고 피를 빨고. 호모 사피엔스 개미들아!)

"성부. 성자. 성령의 이름으로 묻는다. 왜 여기에 온 것이냐!"

"Is vicit mundum jam.! Interrogatus tibi in nominae Pater Sanctus et Filius Sanctus et Spiritu Sancto."

"I···Ich wird sich euch nur Tier sind und zeigen Sie es Ihrem Gott. verwenden Sie Ihr Gehirn! sapiens sapiens!"(우···리는 니들이 원숭이라는 것을 증명하러 왔다. 그리고 너희 재판관에게 보여 줄 것이다. 머리를 굴려라. 호모 사피엔스. 사피엔스!)

"니들이 지키고 있는 가장 큰 놈이 누구냐!"

"Est primogenitus qui nunc dicitne?"

"Vos neglegendae audire non possunt vox luciferi stellae

cecidit. Meiyou yi er san si, bai, qianwan, wanwan zhilei. women jishi zhuti youshi keti, jishi ling youshi rou, youshi lixing, youshi lilu, youshi kexue, youshi yuwang, youshi guangming!"(너희 미물들은 떨어진 별의 목소리를 들을 수 없다. 하나 둘 셋 넷 백. 천만 10억 따위는 없다. 우리는 종種이자 속屬이고 영靈이자 힘이며, 이성, 중심, 논리, 과학, 욕망, 빛이다!)

"떨어진 별의 군대여. 가장 오래 된 놈이 말하여라."

"Luoxing de jundui ya, zui gu lao de ren jiu shuo chulai ba."

영신은 입맛을 다시는 것처럼 혀에서 요란스러운 소리를 냈다. 그리고 망가진 인형처럼 기이하게 고개를 꺾었다. 영신은 두 사제의 물음에 대답을 하면서도 알 수 없는 말을 중얼거렸다. 두 사제는 더 크게 목소리를 높이며 몰아치듯 기도를 외쳤다. 그러자 영신이 포효하듯 비명을 질렀다.

"Sie sind nicht auf mich horen!"(니가 우리말을 듣지 않잖아!)

날카로운 목소리가 귓가를 파고들자 김 신부는 맞받아치는 것처럼 강하게 다그쳤다.

"그가 이미 세상을 승리했노라. 왜 거기에 있는 것이냐!"

"Is vicit mundum jam, quare hic venisti!"

"Wir verstecken uns nur. Wir haben nichts gemacht. Donecehet Male! Donecehet Male!(이 씨발 좆같은 고깃덩어리

가 우리를 잡고 있어. 더 안전한 곳을 찾을 거야. 이 년이 날 잡고 있어!) 숨어 있는 것이다. 다신 들키지 않을 거야. 수컷이 필요해! 수컷이 필요해!"

영신은 한국어로 울부짖기 시작했다. 최준호는 발악하는 목소리가 가리키는 것이 코마상태에 빠진 영신이라는 것을 직감했다. 영신에게 깃든 존재를 붙잡고 놓아주지 않는 것이 바로 영신이었던 것이다. 한 사람의 몸에서 다수의 존재가 강하게 느껴지는 기이한 경험에 최준호는 심장이 터질 것처럼 뛰었다. 그러나 그 와중에도 정신없이 서취노트에 영신의 말을 받아 적었다.

"기도하며 중간다리나 세우는 미물들 주제에. 내가 반드시 증명하겠어. 니들이 그냥 원숭이일 뿐이라고!"

김 신부는 불현듯이 머릿속에 스치는 말을 떠올리며 최준호에게 다가갔다. 그리고 최준호가 받아 적던 서취노트를 집어 들고 뚫어지게 쳐다보았다. 최준호는 공포에 짓눌린 몸을 가까스로 일으켰다. 영신은 격렬한 몸부림을 멈추지 않았다. 그 순간 노트에서 무엇인가 발견한 김 신부는 최준호에게 다급한 목소리로 말했다.

"사령들이 다 나왔어. 7번, 11번 가져오고, 오늘 받아온 거 준비해."

"네!"

최준호는 벌떡 일어나 성물들을 쌓아놓은 곳으로 움직였다. 그곳에서 영대와 요단강물이 들어 있는 생수병을 찾아 김 신부에게 건넸다. 김 신부는 자리로 돌아와 병뚜껑을 열었다. 그 사이 최준호는 가방을 열어 어렵게 받아온 노란 택배 상자를 꺼냈다. 서서히 수면 위로 모습을 드러내는 사악한 존재에 맞서기 위해 두 사제는 신성함이 깃든 무기를 준비하고 있었다. 그리고 또 한사람. 어둠 속에 갇힌 채 온힘을 다해 싸우는 진짜 영신이 함께 있었다.

돌突
피破

김 신부는 신중하게 성수통에 요단강물을 채워 넣고, 붉은색 영대를 둘러맸다. 그러자 영신은 눈을 뒤집으며 두려움에 온몸을 벌벌 떨었다. 김 신부가 영신에게 다가가 다시 영대로 눈을 가렸다. 그 순간 맑고 영롱한 소리가 울려 퍼지며 방 안을 가득 메웠다. 그것은 바로 최준호가 성당에서 받아온 프란치스코의 종소리였다. 최준호는 악귀들을 쫓으며 숲을 걷는 것처럼 영신을 향해 한걸음씩 다가왔다. 걸음을 내딛으며 종을 흔들자 영신은 놀란 사람처럼 혼비백산 했다. 영신은 코를 킁킁거리며 어떤 기운을 감지했고 신음과 뒤섞인 말을 흘렸다.

"으… 프란치스코…."

"어둠은 물러나고 이제 그의 날이 올 것이다!"

"Tenebrae evanescabit nunc, veniet die eius!"

김 신부가 강하게 언명하자 최준호는 종을 들지 않은 손으로 성호를 크게 그었다. 그리고 김 신부의 말을 라틴어로 다시 언명했다. 두 사제의 목소리가 종소리와 함께 힘차게 어우러졌다.

"들어라. 너희를 다시 부르는 그들의 목소리를!"

"Ni ting zhe, zai zhaoji nimen de tamen de shengyin!"

영신은 벼랑 밑으로 추락하는 것처럼 긴 비명을 질렀다. 길게 이어지는 소리에는 여러 목소리가 섞여 있었다. 마치 지옥에서 고통 받는 수많은 사람들의 비명 같기도 했다. 최준호는 종을 흔들며 다가오는 것을 멈추지 않았다. 마침내 성소금으로 그어놓은 경계에 가까워졌을 때 김 신부가 명했다.

"살아있는 성인들의 이름으로 사멸하라!"

순간 영신은 몸을 일으켜 검붉은 피를 토해냈다. 입에서 뿜어져 나온 엄청난 양의 피가 사방에 뿌려졌다. 그것은 성모마리아 성화의 온화한 미소를 뒤덮었고, 김 신부의 얼굴에 빨간 빗금처럼 튀었다. 바닥에는 피와 함께 뱉어낸 이상한 생물이 꿈틀거리고 있었다. 뒤엉킨 채로 움찔거리며 쉬익 소리를 내는 것은 두 마리의 뱀이었다. 아니, 한 마리의 뱀이었지만 앞과 뒤에 머리가 달린 괴기스러운 모습이었다. 최준호는 뱀을 보고 몸이 돌처럼 굳어졌다. 목덜미에 뻐근하게 밀려오는 두려움이 느껴졌다. 피를 게워낸 영신은 침대 위로 무너지듯 누웠다. 그리고 엄마를 찾은 아이처럼 엉엉 울음을 터뜨렸다. 영신의 얼굴은 예전처럼 밝은 빛이 돌았다. 김 신부는 예전의 영신을 대하듯 머리를 부드럽게 쓰다듬어 주었다. 그러나 다른 한손으로는 성수채를 집어 들었다.

"신부님… 흐흑."

"말이 많네?"

김 신부는 갑자기 표정을 일그러뜨리고 성수를 뿌렸다. 영신은 고통스러워하며 격렬하게 기침을 하기 시작했다. 김 신부는 눈 하나 깜빡이지 않고 외쳤다.

"그가 우리에게 뱀을 밟을 권리를 주셨다!"

영신은 목에 막힌 덩어리를 토해내듯 연거푸 기침을 했다. 최준호는 끝을 향해간다고 느끼고 눈을 떠 영신을 바라보았다. 고개를 숙이고 몸을 울컥거리는 영신의 얼굴이 서서히 변했다. 입에서 불타고 있는 불덩이들이 뚝뚝 떨어졌고 얼굴은 핏빛으로 변했다. 아까와는 다른 존재가 나타나고 있었다. 최준호는 자신의 생각이 틀렸다는 것을 깨달았다. 끝이 아니라 이제 시작이었다. 붉은 빛이 도는 영신의 얼굴을 보자 이제껏 한 번도 느껴보지 못한 공포가 온몸을 뒤흔들었다. 그 순간 영신이 사방을 두리번거리며 코를 킁킁거렸다.

"뭔가 큰 놈이 왔어. 킁킁."

"말하라 누가 대장이냐!"

"i sum princeps. ich bin der Kapitn. Wŏ sh dzhăng."(내가 왕이다. 내가 왕이다. 내가 왕이다.)

최준호는 여러 존재의 목소리가 동시에 귓가에 파고드는 것을 느꼈다. 온몸을 통과하듯 거칠고 날카로운 소리였다. 가까스로 부여잡고 있던 정신에 균열이 일었다. 창백한 얼굴로 얼어붙은 듯 서있는 최준호를 향해 김 신부가 소리쳤다.

"정신 차려! 새끼야!"

김 신부의 외침에 대답처럼 들려오는 것은 아기 울음소리였다. 영신은 핏속에서 태어나는 아이처럼 응애 하고 울었다. 그리고 다시 숨을 거칠게 몰아쉬면서 저주를 퍼부었다.

"다음 달 니 조카가 태어날 때부터 하아… 1460일 뒤에 니가 감옥에서 피를 토하고 죽을 때까지. 하아… 하아. 내가 너희들의 땀구멍 속까지 붙어 있을 것이다."

영신은 히힛 웃으며 혀를 날름거렸다. 김 신부는 성수채를 버리고 붉은 묵주를 들어 영신의 이마를 눌렀다. 영신 안에서 나오려는 사악한 기를 찍어 내리 듯이 강하고 단단한 움직임이었다.

"거짓말의 아버지이자. 태초의 살인자."

"좆까. 니 동생의 자궁을 들어내 버릴 것이고. 태어나는 피붙이의 눈알을 하나 더 만들어 버리겠어."

영신의 말이 끝나는 순간 흥건한 피 웅덩이 속에서 꿈틀거리는 뱀이 머리를 치켜들었다. 그리고 최준호를 향해 가느다란 혀를 내밀었다. 영신의 침대와 최준호 사이에 그어놓은 성소금은 붉은 피에 뒤섞인 채 녹아내리고 있었다. 최준호는 까마득한 나락으로 떨어지는 기분이었다.

충衝
돌突

"만년의 짐승. 이제 모습을 보여라. 가장 큰 놈이 누구냐!"

김 신부가 외치자 영신은 씩 웃음을 지었다. 뱀은 빳빳하게 두 개의 머리를 세우고 쉭 쉭 혀를 움직였다. 조금만 방심하면 순식간에 달려들어 목덜미에 날카로운 이빨을 박고 독을 흘려넣을 것 같았다. 순간 영신은 침대에 묶여 있던 케이블 끈을 뜯어버리며 엄청난 힘으로 김 신부의 목을 움켜잡았다. 김 신부의 얼굴은 터질듯이 달아올랐다. 숨이 통하지 않자 컥 컥 신음을 내며 몸부림쳤다. 영신의 몸에서 깨어난 존재는 그 어떤 것보다 강력한 기운을 뿜어냈다. 김 신부의 목에 영신의 손톱이 파고들어 피가 흘렀다. 영신은 김 신부의 몸을 들어 올려 방구석으로 내동댕이쳤다. 쿵 하는 육중한 소리와 함께 김 신부의 신음 소리가 들렸다. 최준호는 바닥을 구르는 김 신부를 보면서 머릿속이 하얘졌다. 두려움이 온몸을 휘감았다. 영신은 최준호에게 시선을 옮기며 말했다.

"새로 왔어? Male! Male!"

수컷. 영신에게 깃든 형상이 수컷을 찾고 있었다. 최준호는 정신을 바짝 차리지 않으면 자신이 형상에게 먹혀버릴지 모른다는 생각이 들었다. 김 신부가 가까스로 몸을 일으키자 협탁 아래 박힌 못이 덜그럭거리며 뽑혀나갔다. 그리고 순식간에 날아가 김 신부의 머리를 강타했다. 김 신부는 다시 바닥에 쓰러져 나뒹굴었다. 영신은 흥미진진한 얼굴로 최준호를 바라보며 말했다.

"날 봐. 내가 보고 싶었잖아. 궁금했잖아! 궁금은 하네요. 히힛."

최준호는 영신의 마지막 말을 듣는 순간 온몸에 소름이 돋았다. 궁금은 하네요. 그 말은 자신이 학장 신부에게 했던 말이었다. 자신이 궁금하다고 말했던 존재가 눈앞에 있었다. 애초에 보지 못했고, 믿지 않았던 존재. 그러나 그것은 실제 존재하는 형상이었고, 검은 태풍처럼 주변을 빨아들이며 모든 것을 어둠 속으로 끌어들이고 있었다. 영신이 암흑처럼 변해버린 최준호의 눈을 바라보며 재미있다는 듯이 입을 열었다.

"박 수사님은 왜 그만두셨습니까?"

최준호는 거칠게 숨을 몰아쉬었다. 흥분이 치솟으며 시야가 아득했다. 두 발로 제대로 서 있기조차 어려웠다. 영신은 최준호가 느끼는 공포를 선명하게 보고 있는 것처럼 눈을 치켜뜨며 말했다.

"Timebunt me. Timebunt me."(두려워하라. 두려워하라.)

그 사이 다시 일어난 김 신부가 최준호에게 걸어가 세게 뺨을 쳤다. 최준호의 눈동자가 흔들리며 허공을 더듬었다. 김 신부가 어깨를 흔들며 이름을 부르자 그제서야 최준호는 아득한 어둠 속에서 빠져나온 기분이었다. 아무것도 듣지 말고, 아무것도 믿지 말라는 김 신부의 목소리가 귓가에 들려왔다. 최준호는 김 신부의 목소리만 생각하기로 했다. 바닥에 떨어진 종을 들어 다시 흔들었다. 맑은 종소리가 울려 퍼지자 새가 날아가듯 사악한 기운이 흩어지는 게 느껴졌다. 김 신부는 구마경을 외우며 몰입하기 시작했다.

"성 미카엘 대천사와 세라핌 천사들의 전구함으로 상처 속에 저희를 숨기시고 사악한 악에서 지켜주소서!"

"내가 여기서 나가면 매일 밤 1시 30분에 너와 니 부모들 침대 속으로 기어 들어갈 것이다."

"성 미카엘 대천사와 케루빔 천사들의 전구함으로 저희 영혼을 원수의 유혹으로부터 보호하소서!"

두 사제의 힘찬 목소리가 울려 퍼졌다. 최준호도 목에 힘을 주며 더 크게 소리를 높였다. 두려움에 맞서는 무기처럼 단단하고 날카로운 소리였다.

"성 미카엘 대천사와 좌품천사들의 전구함으로 모든 악과 악으로부터 오는 협박에서 저희를 구하소서!"

그 순간 최준호는 종을 흔들던 팔에 곰팡이 같은 검은 반점이 번져나가는 것을 발견했다. 헉. 저도 모르게 숨을 들이마셨다. 그것은 박 수사의 몸에서 보았던 반점과 같은 것이었다. 물에 잉크가 섞여드는 것처럼 팔을 따라 다른 존재의 기운이 파고드는 것이 느껴졌다. 최준호는 팔을 털어내며 몸서리를 쳤다. 그러나 반점은 한밤처럼 깊어질 뿐이었다.

"니 살을 봐. 썩어가는 매독 같은 팔을. 돌아가. 내가 모른 척 해줄게. 니가 잘하는 거잖아. 가서 말해. 여기에는 아무 것도 없다고. 저기 저 미친놈 한 명 있다고. 그럼 내가 다른 놈들처럼 너도 모른 척 해줄게. 응?"

영신의 입에서 소름끼치는 웃음소리가 흘러나왔다. 최준호는 바닥에 주저앉아 팔을 벅벅 긁으며 버둥거렸다. 도망가라는 소리가 파고들자 문을 열고 뛰쳐나가고 싶은 마음이 간절해졌다. 그때 두 머리의 뱀이 최준호를 향해 기어가기 시작했다. 김신부는 표정을 험악하게 일그러뜨리고 성수를 뿌리고 더 크게 구마경을 외쳤다.

"더러운 군대의 보호를 받는 짐승아. 너희는 어둠속에 머물지니."

"다른 놈들처럼 그냥 지나가. 응? 옛날처럼 도망가란 말이야!"

최준호를 향해 소리치는 영신의 몸이 격렬하게 움직였다. 그러자 손목과 연결된 침대가 덜컹거리며 요동쳤다. 영신은 바닥에 주저앉아 뒷걸음질을 치는 최준호를 향해 개처럼 짖었다. 컹! 컹! 으르렁거리는 영신의 입에서 검붉은 침이 흘러내렸다. 잿더미처럼 썩은 이빨과 입술 사이로 살기를 띤 짐승의 소리가 계속되었다. 최준호는 더 이상 영신의 얼굴이 영신으로 보이지 않았다. 침대 위에는 먹이의 살점을 뜯으려는 짐승이 있었고, 포효하는 교활한 짐승이 있었다. 영신이 더 크게 울부짖으며 소

리쳤을 때 가늘게 흔들리던 촛불이 연기를 내며 꺼져버렸다. 사
방은 온통 어둠으로 가득했다. 최준호는 벌떡 일어나 문을 열고
뛰쳐나갔다. 발을 헛딛으면서도 순식간에 일어나 뛰고 또 뛰었
다. 골목을 빠져나오자 거리에는 화려한 네온사인들이 불을 밝
히고 있었다. 사람들은 울먹이는 최준호를 힐끔거릴 뿐 금세 시
선을 거두고 지나쳤다. 최준호는 불빛 속에 주저앉았다. 금방이
라도 검은 개가 쫓아와 뒷덜미를 물어뜯을 것 같았다.

강降
신神

줄지어 늘어선 상점들에는 환한 불빛이 가득했다. 최준호
는 반대편을 바라보며 넋을 놓았다. 자신은 도망자였다. 김 신
부를 외면하고, 아득한 의식 속에서 버티고 있는 영신을 버리
고 혼자만 살겠다고 뛰쳐나온 도망자. 그 순간 최준호의 눈에
는 죽은 여동생이 보였다. 여동생의 눈빛은 다정하면서도 슬펐
다. 옆에 서서 여동생의 손을 잡고 있는 사람은 어린 시절 자신
의 모습이었다. 신기루처럼 보이는 여동생의 얼굴을 보며 최준
호는 죄책감에 사로 잡혔다. 그때도 그랬다. 커다란 개에게 여
동생을 버리고 도망쳤었다. 최준호는 죄책감에 고개를 떨궜다.

그러자 허겁지겁 뛰어나오느라 신발도 신지 못한 자신의 맨발이 보였다. 어린 시절 맨발로 도망치던 그때와 하나두 다른 것이 없는 모습이었다. 손을 들어 하염없이 흐르는 눈물을 닦았다. 하늘을 올려다보니 둥근 달이 어둠을 밝히고 있었다.

다시 길을 되돌아가자 건물 앞에 앉아 있는 김 신부가 보였다. 김 신부는 초조한 얼굴로 담배를 피우고 있었다. 터덜터덜 걸어오는 최준호를 향해 물었다.

"더 멀리 가지 그랬냐."

"신발을 두고 와서요."

"다 도망가도, 돌아 올 놈은 정해져 있어."

"그때는 못 돌아갔어요. 동생을 물고 있는 개가 너무 무서웠어요."

"그 개가 왜 니 동생을 물었는지 알아? 니 동생이 더 작아서 그런 거야. 짐승은 절대 자기보다 큰 놈들에게 덤비지 않아. 그리고 악도 우리에게 말하지. 너희도 짐승과 다를 바 없다고."

김 신부는 담배를 밟아 끄며 말을 이었다.

"근데 신은 인간을 그렇게 만들지 않았어."

가만히 고개를 숙인 최준호에게 김 신부는 붉은 묵주를 건넸다. 정 신부가 남긴 것이었다.

"아이고, 예전에 어느 노신부가 똑같이 이 말을 했었는데."

묵주를 건넨다는 건 경계 너머에서 존재를 숨기던 보조 사제에서 함께 싸우는 동지가 된다는 의미였다. 최준호는 천천히 손을 뻗어 묵주를 받아들었다. 묵주 알의 매끄러운 표면이 반짝거렸다.

"아가토. 이제 넌 선을 넘었다."

"네, 알고 있습니다."

"악몽에 시달리며 술 없이는 잠도 못잘 거야. 아무런 보상도 없고 아무도 몰라줄 거고."

"네."

담담한 최준호를 보며 김 신부는 고개를 끄덕였다.

"사람의 아들아. 그들을 두려워하지 말고 그들이 하는 말도 두려워하지 마라."

김 신부의 말에 최준호는 화답하듯 함께 기도문을 외웠다.

"비록 가시가 너를 둘러싸고 네가 전갈 떼 가운데에서 산다 하더라도 그들이 하는 말을 두려워하지 말고 그들의 얼굴을 보고 떨지도 마라."

두 사람은 몸을 돌려 어둠 속으로 걸어 들어갔다. 최준호는 묵주를 손에 쥐며 다시는 도망치지 않겠다고 다짐하며 김 신부를 따라 발걸음을 옮겼다.

집 안에는 영신의 어머니가 주저앉아 있었다. 다락방을 지키던 박 교수는 난처한 얼굴로 영신의 어머니와 실랑이를 벌이고 있었다. 두 사제가 다시 들어오자 박 교수가 김 신부를 말리며 말했다.

"김 신부! 이제 그만 하자. 여기까지 했으면 됐어."

"지금 죽지 못하고 버티면서 우리를 도와주고 있는 게 누군지 알아? 우리만 싸우고 있는 게 아니야. 비켜."

김 신부는 단호한 얼굴로 박 교수를 지나쳤다. 그리고 계단을 올라가려는 찰나 영신의 어머니가 김 신부에게 달려와 멱살을 잡고 소리쳤다.

"당신이 어떻게 그럴 수 있어? 아비처럼 따르던 애를…."

영신의 어머니는 말을 마치지 못하고 주저앉아 흐느꼈다. 그러더니 두 손으로 자신의 가슴을 퍽퍽 치며 절규했다. 김 신부는 그 울음소리가 귓가에 파고들자 가슴이 찢어지는 것 같았다. 자신이 하려는 일이 영신을 죽이는 일이자 영신을 구하는 일이라는 것을 다시 한 번 떠올렸다. 그리고 어두운 표정으로 다락방을 향하는 계단을 올랐다.

김 신부는 방문 앞에서 걸음을 멈추고 최준호를 돌아보며 긴장감이 가득한 목소리로 말했다.

"시간이 없다. 사령소환이랑 축출로 바로가자. 몰약하고 유황가루 있지?"

"네. 안에 있습니다."

"사령들이 몇이나 나왔지?"

"언어로 4마리 전부 다 나왔습니다."

"거의 다 된 거야. 그리고 이제 너도 선을 넘어와."

"네."

김 신부는 방문 앞에 묶어 놓은 돼지 줄을 풀어 제 손에 감았다. 두 사제는 동시에 성호를 그으며 짧은 기도를 외웠다. 그리고 문 너머 고여 있는 어둠을 향해 천천히 발걸음을 옮겼다.

소환召還

그리고

축출逐出

방에는 죽은 사람처럼 가만히 누워있는 영신이 있었다. 그러나 사방은 피로 흥건했다. 김 신부는 앞으로 천천히 걸어가 침대 프레임에 돼지를 묶어 놓고 다시 영신의 팔과 다리를 묶었다. 최준호는 협탁에 놓은 초를 집어 불을 붙였다. 그리고 다른 시대의 물건처럼 보이는 청동 향로에 불을 옮겨 붙였다. 주홍색 불빛이 방안을 메우며 일렁거렸다. 바닥에 예식서를 펼쳐 놓고, 몰약과 유황을 비율에 맞춰 섞은 다음 불 위에 뿌렸다. 검은 연기가 피어올랐다. 연기는 허공에 흐르며 영신을 향해 뻗어갔다. 최준호는 떨리는 목소리로 입을 열어 노래를 부르기 시작했다. 부드러운 선율로 흐르는 노래는 그레고리안 성가였다. 김 신부는 돼지를 들어 작은 면도칼로 피부를 살짝 그었다. 가는 선처럼 그어진 상처를 따라 붉은 피가 배어나왔다. 김 신부는 그 피를 손가락에 묻혀 영신의 이마 위에 십자가를 그렸다.

"주님의 십자가를 보라!"

"Eccem cucem domini!"

최준호는 종을 흔들며 숭고한 소리를 크게 울렸다. 영신을 에워싼 연기는 보이지 않는 어두운 기운을 압박했다. 최준호는 성소금을 지나 경계를 넘어 계속 앞으로 나아갔다. 그 모습은 마치 어둠을 헤치고 나아가는 성 프란체스코를 연상시켰다. 두 사제가 영신 가까이에 다가왔을 때 영신은 수면 아래서 떠오르듯 몸을 일으키며 포효했다. 몸을 크게 움직이며 상대방을 위협하는 짐승의 몸짓이었다. 최준호는 종을 든 손에 힘을 주면서 물러서지 않았다. 사악하게 뿜어져 나오는 기운 속으로 맑은 소리를 흘려보냈다. 김 신부는 노래를 멈추지 않은 채 박스에 세워져 있는 갈고리와 막대를 집어 들었다. 그리고 마치 낚싯대처럼 보이는 둥근 나무 막대와 초승달 모양의 쇠창을 연결했다. 검은 연기 속에서 영신의 눈동자가 누런 빛으로 번뜩였다. 김 신부는 갈고리 봉을 영신의 목 위로 누르며 외쳤다.

"가장 큰 놈이 말하라. 너희는 무엇이냐!"

영신은 울부짖으며 몸부림을 쳤다. 노랫소리가 계속 들려오자 영신의 입에서는 중얼거리는 소리가 음울하게 흘러 나왔다.

"342 Tage nach dem Brckeneinsturz gettet 78 Personen. 7803 Tage 5 Absturz Gebuden. 6682 Tage nach der Nadel eigene Menschen zu schaffen."(342일 뒤 무너지는 다리 78명 사망. 7803일 부서지는 빌딩 5개. 5680명 사망. 6682일 뒤 니들이 니 스스로 인간을 만들고.)

알아들을 수 없는 주문과 섞여 들려오는 소리는 죽음과 고통을 가리키는 말이었다. 내용은 사악했으며 그 어떤 말보다 어두운 기운을 뿜어내고 있었다. 가까이서 영신의 말을 듣는 김 신부의 귀에서 피가 흘러내렸다. 김 신부는 고막이 찢기는 고통에도 한 치의 흐트러짐 없이 자세를 잡았다. 그리고 더 크게 언명했다.

"성부, 성자, 성령의 이름으로 명한다. 왜 여기에 온 것이냐!"

"Nos veniebamus capitum omnes, 50255 Tage ohne Trinkwasser ist 85.938 Tage 69.302 Menschen sterben schwarzen Ballon platzen. Die andere Hfte wird zu 93.025 Tage sterben. Et ibimus ad locus excelsior."(너희들이 미웠다. 50255

일 마실 물이 없고 85938일 검은 풍선이 터져 69302명 죽고. 오 존층 소멸 93025일 반은 타 죽을 것이고, 세상에 빛을 ㄲ려ㄱ 왔다.)

"우리 인간은 인간을 긍정한다. 이제 너희의 곳으로 물러가 라. 지금 말하는 니 이름이 무엇이냐!"

김 신부가 내리 누르고 있는 갈고리 사이로 검은 형체가 존 재를 드러냈다. 영신의 상반신 길이만한 그것은 인간의 얼굴을 하고 있었고, 얼굴과 목이 온통 사자 털로 뒤덮여 있었다. 김 신 부는 연기 사이로 붉게 충혈된 그것의 눈을 마주보았다. 강렬 한 분노로 가득 찬 그것은 새까만 악마였다. 악마는 얼굴을 고 통스럽게 일그러뜨리며 신음했다.

"말하라. 니가 불리 우는 이름이 무엇이냐!"

"Dica nomen tuum quod vocatiris tu!"

"마르… 베스."

악마의 이름이 모두 흘러나오자 최준호는 노래를 멈췄다. 방 안에는 무거운 침묵이 흘렀다. 드디어 존재의 이름을 안 것이 다. 이제 결단을 내려야 하는 순간이었다. 악마의 이름을 호명 하는 순간 사악한 기운으로 생명을 유지하고 있던 진짜 영신의 숨도 끝날 것이었다. 김 신부는 수백 번 상상했던 순간이 다가 오자 온몸이 저렸다. 노래를 부르며 해맑게 웃던 영신의 얼굴

이 생생하게 떠올랐다. 천천히 눈을 감고 무거운 목소리로 언명했다.

"성부. 성자. 성령의 이름으로 명한다. 거기서 나와라! 마르베스."

마지막 언명이 방 안을 뒤흔들었다. 그러자 묶여있던 돼지가 꽥! 하고 울부짖었고, 심정지를 알리는 기계소리가 울렸다. 영신이 떠난 것이었다. 김 신부는 몸이 갈기갈기 찢기는 듯한 고통이 밀려오는 것을 느끼며 굳은 표정을 일그러뜨리고 무너지듯 주저앉아 오열하기 시작했다.

"흐흑. 영신아… 다 끝났어. 영신아 미안하다. 우리 영신이… 니가 해냈다."

김 신부가 울부짖는 동안 최준호는 차갑게 식어가는 영신의 몸을 바라보았다. 그리고 재빨리 고개를 돌려 돼지를 바라보았다. 하얀 피부에 살이 올라있던 돼지는 어느새 검게 변해 있었다. 최준호는 붉은 눈을 번뜩이며 발광하는 돼지를 안아 들었다. 그리고 침대 시트를 찢어 두 눈을 감싸고 케이블 끈으로 팔과 다리를 단단히 묶었다. 김 신부의 울음소리를 듣고 방 안으로 뛰어 들어온 박 교수가 심박기를 확인하며 소리쳤다. 그러나 귀를 다친 김 신부는 아무 소리도 들을 수 없었다. 눈물을 흘리며 김 신부가 하염없이 쓰다듬고 있는 영신의 얼굴은 평온해 보였다.

　최준호는 버둥거리며 발악하는 돼지에게서 사악한 기운을 느꼈다. 이제 남은 일은 모두 자신의 손에 달려 있었다. 앞으로 한 시간 안에 돼지를 깊은 강 속에 던져야 했다. 최준호는 깊게 심호흡을 하고 방을 나와 계단을 뛰어 내려가기 시작했다.

　집 앞에는 신고를 받고 출동한 경찰들이 도착해 있었다. 선임경찰이 무전기를 들고 현장에 도착했음을 알렸다. 그 순간 최준호가 문을 박차고 나왔다. 경찰들을 마주한 최준호는 걸음을 멈추고 인상을 찌푸렸다. 한시가 급한 순간이었다. 일이 어그러지면 김 신부의 노력과 영신의 희생이 모두 물거품이 될 수도 있었다. 집 안에서 날카로운 비명소리가 들리자 선임 경찰은 놀란 얼굴로 최준호를 쳐다보았다. 그리고 집 안으로 달려가며 후임 경찰에게 최준호를 감시하고 있으라고 말했다. 최준호는 돼지를 꽉 끌어안은 채 후임 경찰을 쏘아보았다. 무조건 가야한다는 생각뿐이었다. 머릿속에는 김 신부가 했던 말이 생생하게 떠올랐다. 악마가 돼지 속에 들어가면 15미터가 넘는 강에다 돼지를 버려야 한다고 했다. 그리고 한 시간이 지나면 구마사가 숙주가 된다고 했다. 후임 경찰은 천에 싸여 버둥거리는 물체를 바라보며 말했다.

　"그거 내려놓으세요."

"저 지금 가야됩니다."

최준호가 말을 무시하고 앞으로 나아가자 후임 경찰은 움찔 거리며 막아섰다. 그리고 그것을 내려놓고 가만히 있으라고 소 리쳤다. 둘 사이에는 팽팽한 긴장감이 감돌았다. 최준호는 목 이 타들어가는 기분이었다. 계단 위에서 선임 경찰의 다급한 목소리가 들렸다.

"야! 살인 사건이야! 지원 요청해!"

살인이라는 말을 듣는 순간 후임 경찰은 권총을 꺼내들었다. 그리고 자세를 잡고 위협하며 뒤로 물러나라고 경고했다. 순간 돼지가 미친 듯이 울부짖기 시작했다. 복도에 일정한 간격으 로 매달린 전구들이 펑! 소리를 내며 모두 터져버렸다. 어두워 진 복도에는 쥐떼들이 몰려들었다. 찍찍거리는 소리가 허공을 메웠고, 그 광경을 목격한 후임 경찰은 기겁을 했다. 쥐떼들이 가까워올수록 돼지는 더 크게 발광했다. 후임 경찰이 뒷걸음질 치는 사이 최준호는 앞으로 달려 나가기 시작했다. 발에 쥐들 이 채이거나 밟혔지만 절대 멈추지 않았다.

건물을 나와 달려간 골목에는 까마귀들이 자리를 메우고 앉 아 있었다. 다시 방향을 꺾자 좁은 도로가 보였다. 최준호가 그 곳을 향해 달려나온 순간 스쿠터 한 대가 고속으로 달려들었 다. 스쿠터는 쾅! 하는 소리와 함께 최준호를 들이박고 바닥에 나뒹굴었다. 최준호가 쓰러져 고통스럽게 몸부림치는 사이 경찰들은 최준호를 추격해오기 시작했다.

가까스로 몸을 일으킨 최준호는 다시 달리기 시작했다. 가야한다는 생각만이 머릿속에 가득했다. 8차선 도로로 나가 무작정 한강을 향해 뛰었다. 경찰들이 앞쪽에서 사이렌을 울리며 다가오자 최준호는 반대편으로 길을 건넜다. 모여든 경찰들은 급박하게 무전을 하며 포위망을 좁혀왔다. 최준호는 사방이 막혀있는 것을 보고 도로 한가운데로 뛰어들었다. 그 순간 경찰의 제지를 무시한 커다란 트럭 한 대가 최준호를 향해 달려들었다. 눈 깜짝할 사이에 가까워오는 트럭을 발견한 순간 머릿속에는 김 신부의 목소리가 스쳐지나갔다. 가는 길이 사악하다. 주님이 항상 함께 하기를. 그때 다른 방향에서 달려든 자동차가 급격하게 방향을 틀어 트럭과 부딪쳤다. 굉음과 함께 두 대의 자동차가 바닥으로 나뒹굴었고 도로는 순식간에 난장판으로 변했다. 매캐한 연기가 사방을 에워쌌다. 경찰들의 얼굴에는 당황한 기색이 역력했다. 가까스로 차를 피한 최준호는 앓는 소리를 내며 눈을 떴다. 품에서 빠져나간 돼지가 파닥거리며 미친 듯 울어댔다. 몇 겹의 천 사이로 어두운 기운이 끝없이 새어나왔다.

최준호는 떨리는 손을 뻗어 돼지를 끌어당겼다. 바닥에 손을 집고 몸을 일으키는 순간 눈앞으로 트럭과 부딪친 전봇대가 기울어지는 것이 보였다. 전봇대가 완전히 기울어져 바닥으로 무너지자 팽팽하게 당겨지던 전깃줄이 불꽃을 일으키며 끊어졌다. 주변의 불빛들이 일제히 사라지고 사방은 온통 어둠으로 가득했다.

영신의 집에서는 수갑이 채워진 김 신부가 끌려나오고 있었다. 김 신부는 다시 무표정한 얼굴을 하고 있었다. 경찰이 이끄는 대로 말없이 경찰차에 올라탔다. 그리고 차가 속도를 높이며 달려 나가는 동안 잠시도 쉬지 않고 중얼거렸다. 김 신부의 입에서 흘러나오는 것은 무사히 사악한 길을 지나길 바라는 기도였다.

6
천국의 모든 성인들이여,
제 위에 내리소서

✝

　최준호는 소매로 머리에서 흐르는 피를 훔치며 걷고 있었
다. 아수라장이 된 상황을 틈 타 사고 현장에서 빠져나온 것은
기적이나 다름없었다. 그러나 시간이 촉박했다. 최준호는 멀
리 정차해있는 택시를 발견하고 조용히 뒷좌석에 올라탔다. 인
기척을 느낀 택시기사가 묵주가 걸려있는 백미러를 보며 행선
지를 물었다. 제일 가까운 한강다리로 가달라고 말하는 사람은
피를 흘리고 있는 신부였다. 택시기사는 화들짝 놀라 뒤를 돌
아보며 말했다.

　"신부님. 병원 먼저 가셔야죠."

　최준호는 아무런 대답도 하지 않았다. 버둥거리는 돼지를 붙
잡고 버티는 것만으로도 충분히 버거운 일이었다. 택시기사는

멀리 보이는 사이렌 불빛들을 바라보며 잠시 고민에 빠졌다. 그리고 기어를 움직여 엑셀을 밟고 한강을 향해 달리기 시작했다. 최준호는 나지막한 목소리로 기도를 외웠다.

"하느님의 영, 주님의 영. 성부와 성자와 성령의 지극히 거룩하신 삼위시여, 티 없으신 동정녀, 천사들과 대천사들, 천국의 모든 성인들이여 제 위에 내리소서."

시간이 흐르자 최준호의 팔에는 검은 반점들이 번져나갔다. 팔을 타고 오르는 넝쿨처럼 어느새 목까지 올라갔다. 빠르게 질주한 택시는 어느새 한강 다리 위에 도착했다.

"도착했습니다. 신부님."

택시기사가 차를 세우며 말했다. 최준호는 주머니에서 급하게 만 원짜리 몇 장을 꺼내주고 문을 열었다. 그러나 덜컹거리며 흔들리기만 할 뿐 열리지 않았다. 택시기사가 의아한 얼굴로 버튼을 눌렀지만 아무 소용이 없었다. 최준호는 문고리를 꽉 쥐고 몸으로 힘껏 밀어붙였다. 그러자 문이 벌컥 열리며 상체가 밖으로 쏟아졌다. 그 모습을 지켜보던 택시기사는 빠른 속도로 다가오는 차 한 대를 발견했다. 소리를 외칠 겨를도 없이 순간적으로 최준호의 옷을 잡고 안으로 잡아당겼다. 아슬아슬한 차이로 차가 비껴가며 매서운 바람소리를 냈다. 최준호의 등에서 식은땀이 흘러내렸다. 둘은 크게 숨을 내쉬며 서로를 바라보았다. 그 순간 택시기사의 눈에는 검게 변하기 시작하는 최준호의 얼굴이 보였다. 기겁한 택시기사가 말을 더듬거렸다.

"신부님… 얼굴이…!"

검은 반점이 최준호의 얼굴까지 차오르고 있었다. 게다가 이미 검게 변해버린 반쪽 얼굴은 불에 타들어가는 것처럼 피부가 까맣게 일그러졌다. 최준호의 눈은 붙잡고 있는 돼지처럼 붉게 번뜩였다. 최준호는 택시에서 내려 한강이 보이는 다리 위에 섰다. 돼지는 최후의 발악을 하는 것처럼 요동치며 거친 소리로 울부짖었다. 검은 반점으로 가득한 몸에는 어두운 기운이 파고들었다. 사악한 존재가 몸속에 흘러들어와 잠식하는 느낌이었다. 목을 옭아매는 강력한 힘이 느껴졌을 때 최준호는 다리 밖으로 돼지를 던지려 했다. 그러나 몸은 쇠사슬에 묶인 것처럼 덜컹거릴 뿐 생각처럼 움직이지 않았다. 최준호는 자신이 악마의 숙주가 되어간다는 것을 깨달았다. 결국 입술을 질끈 깨물고 온힘을 다해 강 속으로 몸을 던졌다. 최준호는 돼지를 끌어안은 채 어둠 속으로 추락했다.

영신의 시신을 실은 구급차는 도로 위를 달리고 있었다. 영신의 어머니는 하얀 천으로 뒤덮인 영신의 시신을 보며 하염없이 울고 있었다. 구급차 안은 흐느껴 우는 소리로 가득했지만 그 사이 조용한 움직임이 일어나고 있었다. 영신의 어머니가 부여잡은 영신의 손에 서서히 온기가 돌기 시작한 것이다. 경련이 일듯 작게 움찔거리며 영신의 손이 움직였다.

경찰차에서 계속 기도를 외우던 김 신부는 문득 자신의 팔에서 반점이 사라지는 것을 보았다. 폭풍이 휘몰아치고 난 뒤 찾아온 고요한 순간이었다. 김 신부는 그제야 가슴에 맺혀있던 깊은 숨을 토해냈다. 그리고 등을 기댄 채 빠르게 지나가는 거리의 풍경을 바라보았다.

밤하늘엔 여전히 둥근 달이 밝게 빛나고 있었고 그 아래에는 검은 물결을 일렁이며 한강이 흐르고 있었다. 그리고 고요한 어둠을 헤치고 강 위로 모습을 드러낸 자가 있었으니 최준호였다. 그는 허리를 깊숙이 숙여 가쁜 숨을 헐떡였다. 잠시 숨을 고른 최준호는 온몸이 흠뻑 젖은 채 조금 전 뛰어내렸던 다리까지 저벅저벅 걸음을 옮겼다. 한강이 내려다보이는 다리 위에 다시 서자 시원한 바람이 스쳤다. 최준호는 그 자리에 떨어져 있던 붉은 묵주를 집어 들었다. 그것을 손에 휘감는 모습은 이전과는 완전히 다른 기운을 뿜어냈다. 마치 새로 태어난 사람 같았다. 비장함이 감도는 최준호의 얼굴에는 깊고 단단해진 눈빛이 번쩍였다. 최준호는 달빛이 쏟아지는 다리 위를 걷기 시작했다. 한강 아래 깊은 곳으로 어둠이 잠기고, 이제 또 다른 시작이었다.

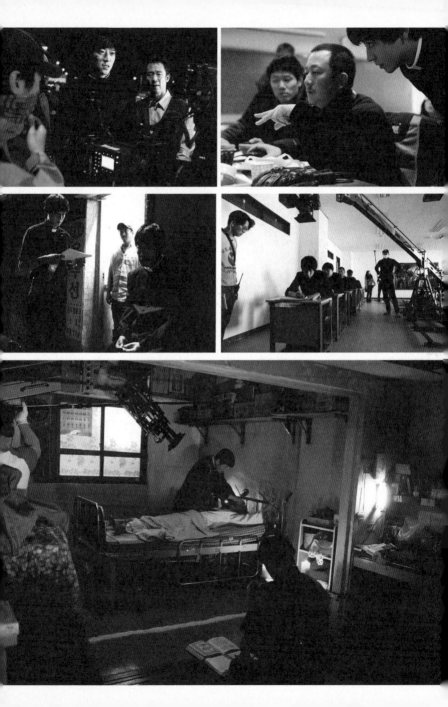

검은 사제들

1판 1쇄 발행 2015년 11월 9일
1판 5쇄 발행 2015년 12월 22일

원작 장재현
소설 원보람

발행인 김성룡
편집·교정 김은희
디자인 황선정

펴낸곳 도서출판 가연
주소 서울시 마포구 월드컵북로 4길 77, 3층 (동교동, ANT 빌딩)
구입문의 02-858-2217
팩스 02-858-2219

ISBN 978-89-6897-021-4 03810